Berti und die
Drangsale der Liebe

Juergen von Rehberg

Berti und die Drangsale der Liebe

Unternehmen „Amors Pfeil"

Bibliografische Information der Deutschen Nationalbibliothek:
Die Deutsche Nationalbibliothek verzeichnet diese
Publikation in der Deutschen Nationalbibliografie;
detaillierte bibliografische Daten sind im Internet
über http://dnb.dnb.de abrufbar.

Herstellung und Verlag: BoD – Books on Demand,

Norderstedt

ISBN: 978-3-7543-1119-6

Liebe Leser[1]!

Ich erzähle heute eine Geschichte, die vielleicht nicht alle interessieren wird, aber diejenigen, die es interessiert, denen wird sie gefallen.

Sie handelt von Dr. Berthold Affenthaler, einem Menschen, der weder ein bekannter Künstler, noch ein begnadeter Fußballgott und auch kein herausragender Politiker ist. Sie handelt von einem Menschen wie du und ich.

Berthold Affenthaler ist inzwischen vierundsiebzig Jahre alt, befindet sich im Ruhestand und war davor Schulleiter am Gymnasium einer Kleinstadt.

Er hat zeitlebens darunter gelitten, dass ihn seine Mitmenschen „Affi" nannten, obwohl doch „Berti", abgeleitet von seinem Vornamen „Berthold" näher gelegen hätte.

Jetzt, da er durch sein hohes Alter geschützt ist, nennt ihn niemand mehr so, obwohl es ihm inzwischen egal wäre. Die Hornhaut, die sich seine Seele über all die Jahre zugelegt hat, würde ihn vor Verletzung schützen.

Das bedeutet jedoch nicht automatisch, dass Berthold eines Gefühls nicht mehr fähig ist; das Gegenteil ist der Fall. Er verfügt über feinste Sensoren, welche ihm gestatten, Freude und Schmerz in vollem Umfang

---

[1] Ich bin bekennender Gegner des Gender-Wahnsinns.

zu empfinden, gleichwohl auch die edelsten aller Gefühle, nämlich die Liebe.

Nun ist es ja so, dass die Seele, welche dem Leib von Berti – ich nenne ihn jetzt einfach so; auch ohne „h" im Namen – innewohnt, mindestens genau so alt ist wie der Körper selbst.

Wenn man wie ich an die Reinkarnation[2] glaubt, dann könnte die Seele von Berti so alt wie Methusalem sein oder gar noch älter.

Das wiederum bedeutet, dass die Seele des Menschen zeitlos ist und keinem Alterungsprozess unterworfen ist.

Hmmm…

Doch kommen wir wieder zu unserem Protagonisten zurück.

Berti ist Witwer. Das ist traurig; aber nun einmal nicht zu ändern. Und hinzu kommt noch, dass seine Ehe mit Reinhilde kinderlos geblieben war.

Was dafür verantwortlich war, mag dahingestellt sein. An Berti hat es jedenfalls nicht gelegen. Probiert hat er es allemal. Und das, obwohl Reinhilde von der Häufigkeit seiner Bemühungen nicht immer „amused" war.

---

[2] Wiedergeburt (dogmatischer Bestandteil der Weltreligionen Hinduismus und Buddhismus)

Nicht, dass sie abstandsloser, körperlicher Nähe nicht zugeneigt gewesen wäre; aber alles mit Maß und Ziel. Berti hätte seine Gene, von denen er äußerst angetan war, halt gern an einen Nachkommen weitergegeben. Aber es sollte nun einmal nicht sein.

Reinhilde hingegen, immer auf ihr Äußeres bedacht, grauste es vor dem Gedanken, ihre tadellose Figur durch eine Geburt verunstalten zu lassen.

Berti hatte sie immer wieder bedrängt, sie möge doch einen Fruchtbarkeitstest an sich vornehmen lassen, um den Grund für das Misslingen seiner Bemühungen herausfinden zu können; aber Reinhilde verweigerte sich strikt.

Er selbst hatte sich dieser Untersuchung mannhaft gestellt, mit dem Ergebnis, dass seine Lenden durchaus neues Leben zeugen könnten.

Der Verdacht liegt nun nahe, dass Reinhilde womöglich chemische Mittel zum Einsatz gebracht haben könnte, um das Unheil einer Schwangerschaft zu verhüten. Aber es gilt hier die Unschuldsvermutung und außerdem: *„De mortuis nil nisi bene"*[3], wie der Lateiner sagt.

Vielleicht war der Grund ganz einfach der, dass ihr Körper einfach nicht dazu bereit war. Friede ihrer Seele!

---

[3] Frei übersetzt: *„Über Tote sollte man nichts Schlechtes sagen"*

Wie gesagt, jetzt stand er da, der Berti. Ganz allein, ohne Weib und Kind. Er hatte zwar noch eine Schwester mit ihren Kindern und Kindeskindern; aber keinerlei Kontakt zu ihnen.

Er hatte ab und zu schon einmal erwogen, seiner Einsamkeit zu entfliehen, indem er dem erloschenen Kontakt neues Leben einhauchen wollte; verwarf aber den Gedanken sogleich wieder.

Das wäre zweifellos gegen seine Prinzipien gewesen. Martha, so der Name seiner älteren Schwester, hatte ihn zu sehr verletzt. Und dann noch Eberhard, ihr Angetrauter. Nein und abermals nein!

Es hatte schon im Kindesalter begonnen. Martha hatte eine Riesenfreude daran, ihren kleinen Bruder zu drangsalieren. Sie nützte auch jede Gelegenheit dazu.

Und wenn sich Klein Berti bei seinem Vater darüber beklagte, handelt er sich nur zusätzliche Schelte ein.

Das kam wohl daher, dass Martha der Liebling des Vaters war und Berti der Liebling der Mutter. Und der Vater war nun einmal der Herr im Haus.

Das Ganze führte dazu, dass Berti und Martha ein geschwisterlicher Hass auf Lebenszeit verband…

*****

„Hallo Berthold. Du bist heute später dran als sonst."

Anna Herold, die Seniorchefin vom „Café- und Weinhaus Herold" war an den kleinen Tisch herangetreten, an welchem Berti allmorgendlich saß, seit seine Frau verstorben war.

Sie setzte sich zu Berti und lächelte ihn an.

„Guten Morgen, Anna", erwiderte Berti gewohnheitshalber, denn er kam üblicherweise spätestens gegen zehn Uhr ins „Herold".

„Du bist gut", sagte Anna lachend, *„es ist gleich Mittag."*

Berti lachte ebenfalls. Er sah in Annas Gesicht, wie er es schon früher gern gemacht hatte, wenn er im Unterricht heimlich zu seiner Schulkameradin hinsah.

Damals war er noch schüchtern. Er hätte es nie gewagt, sich Anna zu offenbaren, zumal es andere Mitbewerber gab, deren Schmeicheleien sich Anna willig hingab.

Was Berti jedoch nicht wusste, und was er auch bis zu seinem Tod nie erfahren würde, war die Tatsache, dass Anna ihm damals mit Freuden ihr Ohr und ihr Herz geschenkt hätte.

So kam es, dass sich die Beiden aus den Augen verloren, und jeder seinem eigenen Schicksal nachging.

Anna heiratete den Konditormeister Karl Herold, zeugte mit ihm drei Kinder, wovon der älteste Sohn nun das Geschäft führte.

Sie selbst, inzwischen ebenfalls verwitwet, stand noch immer Tag für Tag hinter der Tortentheke, half ein wenig mit und begrüßte die Gäste mit ein paar freundlichen Worten.

„Wie geht es dir, mein Lieber?"

Mit diesen liebevollen Worten riss Anna ihren alten Schulfreund aus seinen Gedanken.

„Hat es einen Grund, dass du heute so spät dran bist? Geht es dir denn gut?"

Es klang ein wenig Sorge in ihren Worten und im selben Augenblick beschlich Berti ein Hauch von Wehmut.

Er sah sich in Gedanken an der Seite dieser wunderbaren Frau, umringt von einer Kinderschar, und dem Leben in all seiner Fülle und in seiner schönsten Blüte verbunden.

Bertis versponnener Blick und die Tatsache, dass er auf Annas Frage nicht gleich antwortete, veranlasste Anna zu fragen:

„Fühlst du dich nicht wohl? Möchtest du vielleicht ein Glas Wasser?"

„Nein, meine Liebe", antworte Berti, *„es ist alles gut."*

„Na, dann", erwiderte Anna erleichtert, *„dann schicke ich dir jetzt Marianne vorbei, wenn es recht ist."*

„Tu das, Anna", sagte Berti, und als Anna aufstand, um wieder ihren Platz hinter der Tortentheke einzunehmen, begleitete er sie mit seinem Blick, der von so viel Liebe erfüllt war, wie er dies während all der Ehejahre mit Reinhilde nie empfunden hatte.

„Grüß Gott, Herr Doktor!"

Marianne Thies, 45 Jahre alt, geschieden, ein Kind, arbeitet schon viele Jahre als Bedienung im „Herold".

Die Scheidung von ihrem Ehemann fand zu einem Zeitpunkt statt, an welchem ihr Kind den Vater gebraucht hätten.

Aber die räumliche Anwesenheit eines Menschen, und das nur sporadisch, machen noch keinen Vater aus ihm. Die Scheidung war daher nicht nur konsequent, sondern absolut richtig.

Die nachfolgende Zeit war nicht immer einfach für Marianne, und es gebühren ihr Anerkennung und Respekt, dass sie ihr Kind wohl erzogen hat.

Das Thema „Mann" hatte sich damals für Marianne erledigt, was umso erstaunlicher erscheint, zumal diese Frau eine Schönheit an Körper, Geist und Seele ist.

„Guten Morgen, Frau Marianne!"

Marianne lächelte. Im Gegensatz zu Anna sagte Marianne nichts zu dem verspäteten, eher unangemessenen Morgengruß.

Berti lächelte ebenfalls. Er hatte es selbst bemerkt.

„Die Macht der Gewohnheit", sagte er, während er den Anblick von Marianne tief in seine Seele sog.

„Wie immer, Herr Doktor?", fragte Marianne im Hinblick auf die bevorstehende Bestellung.

Dr. Berthold Affenthaler, Schuldirektor im Ruhestand, seit einem guten Jahr verwitwet, ein Gewohnheitstier durch und durch, konsumiert jeden Morgen einen koffeinfreien Kaffee, weil vom Arzt verordnet, und ein Croissant.

Die Bezeichnung „Croissant", aus dem Französischen kommend, was nichts anderes bedeutet als Mondsichel (Croissant de lune), hat längst bei uns Einzug gehalten.

In Bayern und in Österreich hat man früher Hörnchen, Beugel oder Kipferl dazu gesagt, wiewohl man in Italien Cornetto sagt. Aber das nur nebenbei…

„Heute nicht, Frau Marianne", erwiderte Berti.

Marianne sah ihren Gast erstaunt an. Es überraschte sie. Seit sie ihn bediente, und das schon über einen langen Zeitraum, hieß es jedes Mal: „Kaffee mit Croissant und Tageszeitung". Gelegentlich auch noch zusätzlich ein stilles Mineralwasser.

„Bringen Sie mir bitte einen Grauburgunder vom Kaiserstuhl und eine Butterbrezel."

Mariannes Erstaunen legte gewaltig zu. Sie hatte den Herrn Doktor noch nie Alkohol trinken gesehen.

„Warum blicken Sie mich so prüfend an, Frau Marianne? Ich bin schon volljährig. Wenn Sie möchten, dann kann ich Ihnen meinen Personalausweis zeigen."

Marianne errötete.

„Bitte, entschuldigen Sie, Herr Doktor. Es ist nur so ungewohnt..."

„Dafür müssen Sie sich nicht entschuldigen, liebe Marianne", erwiderte Berti, der zum ersten Mal den Zusatz „Frau" weggelassen hatte.

„Da der Vormittag gerade im Begriff ist, an den Mittag zu übergeben, und weil ich schon zu Hause gefrühstückt habe, betrachte ich meine Bestellung quasi als Mittagessen. Können Sie das nachvollziehen?"

„Aber natürlich, Herr Doktor. Bitte, entschuldigen Sie nochmals. Es ist mir furchtbar peinlich."

Marianne taumelte gerade von einer Unsicherheit in die nächste.

„*Nicht doch, Marianne*", erwiderte Berti heftig, und wieder ließ er den Zusatz „Frau" weg.

Ein wohliges Gefühl beschlich Berti. Ihm war, als würde sich seine Seele gerade einen wärmenden Pelz umhängen. Und das mitten im Sommer.

Er sah diese Frau in einem verklärten Licht, und es würde ihn nicht sonderlich überraschen, wenn das Haupt von Marianne plötzlich von einer Gloriole umsäumt werden würde.

Dem sachunkundigen Leser seien an dieser Stelle die Köstlichkeit und der wahrscheinliche Ursprung einer schwäbischen Laugenbrezel erklärt:

Der bekanntesten Legende nach wurde die Brezel 1477 von einem Hofbäcker namens Frieder aus Bad Urach erfunden, der durch einen Frevel bei seinem Landesherrn Graf Eberhard (Eberhard im Bart) (1445–1496) sein Leben verwirkt hatte. Da der Bäcker jedoch vorher gute Dienste geleistet hatte, sollte ihm noch eine Chance gegeben werden. „Back einen Kuchen lieber Freund, durch den die Sonne dreimal scheint, dann wirst du nicht gehenkt, dein Leben sei dir frei geschenkt." Er gab ihm dafür drei Tage Zeit, bevor er die Todesstrafe erhalten sollte. Der Bäcker war ratlos und seine Frau verschränkte vor Kummer ihre Arme. Damit gab sie ihrem Mann die Idee für die Brezelform. Eine weitere Hilfe war ihm noch eine

Katze, die aus Versehen das Backblech in die Laugenwanne (bzw. Eimer) gestoßen hatte. Die heutige Form der Brezel war jedoch schon im späten 12. Jahrhundert bekannt.

Wenn man indes dieses köstliche Hefegebäck der Länge nach durchschneidet, dick mit Butter bestreicht und wieder zusammenklappt, dann entsteht ein Gaumenschmaus, welcher sich dem Kaffee ebenso perfekt vermählt wie einem guten Glas Wein.

„Ich bringe es Ihnen sofort, Herr Doktor", sagte Marianne und entzog sich damit der immer noch vorherrschenden Verlegenheit.

„Ist alles in Ordnung, Berthold?"

Anna Herold, die hinter ihrer Tortentheke das längere Wortgeplänkel mitverfolgt hatte, ohne jedoch auch nur ein einziges Wort davon verstanden zu haben, war an den Tisch von Berti gekommen.

„Aber ja, meine Liebe", antwortete Berti, und es überraschte ihn, dass sich Anna zu ihm setzte.

Anna war übrigens einer der wenigen Menschen, die seinen Vornamen zur Gänze aussprach.

Sie legte ihre Hand auf die Hand von Berti und strahlte ihn an.

„Du magst unsere Marianne", sagte sie, *„habe ich recht?"*

„*Ja, schon*", erwiderte Berti unsicher.

„*Ich meine, du magst sie wirklich*", setzte Anna nach.

Berti hätte am Liebsten seine Hand unter Annas Hand weggezogen, hatte aber nicht den Mut dazu. Es fühlte sich ein wenig an, als säße er in einem Gefängnis, aus dem es kein Entrinne gab.

Und nun kam auch noch hinzu, dass er eine aufsteigende Röte in seinem Gesicht verspürte.

Er wollte Anna schon fragen, wie sie das wohl meinte, unterließ es aber. Eine solche Plumpheit wollte r nicht begehen.

„*Sehr sogar*", antwortete er stattdessen, und fügte hinzu:

„*Aber leider zu spät; viel zu spät...*"

„*Ach Berthold*", sagte Anna, „*für die Liebe ist es nie zu spät. Auch nicht, wenn man so alt ist wie wir.*"

Berti erschrak. Er zog ruckartig seine Hand unter Annas Hand hervor.

Anna musste so laut lachen, dass die anderen Gäste im Raum darauf aufmerksam wurden.

„*Du bist ein Narr, Herr Doktor*", sagte Anna, noch immer lachend, „*ich habe dabei nicht an mich gedacht.*"

Berti schämte sich. Am liebsten wäre er aufgestanden und gegangen, zumal Anna hinzufügte:

„Vor fünfzig, sechzig Jahren hätte ich mich sehr darüber gefreut, wenn du mir Avancen gemacht hättest. Wer weiß, vielleicht hätten wir zwei glücklich werden können."

Nun war das Maß der Erträglichkeit für Berti überschritten. Mit den Worten „Es tut mir leid" stand er auf und verließ fluchtartig das Café.

*****

Die nächsten Tage verbrachte Berti damit, Ordnung in seinen arg gebeutelten Gemütszustand zu bringen.

Annas Worte klangen noch immer in seinem Kopf, und er fragte sich immer wieder, was gewesen wäre, hätte er sich damals einen Ruck gegeben, und um Anna geworben.

In seinem Kopfkino spielte gerade der Film „Die Trapp Familie", und je mehr er sich dagegen zu wehren versuchte, umso heftiger kamen die Bilder wieder zurück.

„Das muss aufhören", sagte er zu sich selber und er beschloss, ein klärendes Gespräch mit Anna zu führen.

Er strich mehrmals wie ein räudiger Kater um das „Herold", und es dauerte fast zwei Wochen, bis er endlich den nötigen Mut zusammen hatte, um sein Vorhaben in die Tat umzusetzen.

„Warst du krank, mein Lieber oder ist es etwas Schlimmeres?"

Mit diesen Worten begrüßte Anna ihren ehemaligen Schulkameraden, der sich mit aller Macht zwingen musste, nicht gleich wieder davon zu laufen.

Berti hatte sehr wohl verstanden, was sich hinter Annas Frage verbarg. Im Grunde setzte sie gerade dort an, wo sie vor geraumer Zeit geendet hatten.

„Ich bin zu dir gekommen, um mich für mein unangemessenes Verhalten zu entschuldigen."

„Und? Wo sind die Blumen?"

In Bertis Kapillaren wurde Alarm ausgelöst und der Blutdruck begann sich prophylaktisch zu erhöhen.

Berti mahnte sich zur Ruhe und antwortete:

„Ich hatte sehr wohl daran gedacht, liebste Anna; aber die Vorsicht mahnte mich, es besser zu unterlassen."

Berti hatte sich bemüht, diese Worte mit äußerster Gelassenheit zu präsentieren, was aber völlig daneben ging.

Gelassen sein ist eine Sache; Gelassenheit zu spielen eine andere.

„So, so", ging es Anna genüsslich über die Lippen, *„die Vorsicht ist also schuld daran, dass ich keine Blumen von dir bekommen habe.*

Das ist sehr, sehr schade. Wo ich doch Blumen so liebe."

Berti war plötzlich gar nicht mehr so sehr davon überzeugt, dass er mit Anna auf einem mit Rosen bestreuten Weg durchs Leben lustwandelt wäre.

Ein Hauch von Zynismus umspielte ihren, noch immer sehr schönen, Mund. Und das missfiel ihm.

Er beschloss, das Wortgeplänkel augenblicklich zu beenden.

„Schickst du mir bitte Frau Marianne, damit ich bestellen kann?"

Dieses Mal waren seine Worte von einer eindringlicher Qualität, die einen Widerspruch einfach nicht zuließen.

Und doch geschah es.

„Es geht nicht, mein Lieber."

Das war eindeutig zu viel des Guten.

„Und wieso nicht?"

Seiner Worte waren wie eine Kriegserklärung. Sie waren so laut, dass der vorhandene Geräuschpegel im Raum auf null herunterfuhr. Man konnte die sprichwörtliche Nadel fallen hören.

„Ganz einfach, Herr Doktor. Weil sie nicht da ist. Marianne ist krank."

„Bitte nicht!", flehten Bertis Gedanken, und wie schon beim letzten Mal, suchte ihn auch dieses Mal eine Ausweglosigkeit heim, die nahtlos in Verzweiflung überging.

Anna hatte bemerkt, dass ihr Schulfreund zu kollabieren drohte. Seine Gesichtsfarbe wurde aschfahl und seine Augen erstarrten.

„Berthold? Hörst du mich?"

Berti zeigte keinerlei Regung.

„Um Gottes willen, Berthold: so sag doch etwas!"

Anna eilte zur Theke und kam mit einem Glas Cognac zurück.

„Bitte, trink das. Alles wird wieder gut, mein Lieber."

Berti tat, wie ihm geheißen wurde. Er leerte das Glas in einem Zug.

Allmählich verwandelten sich die undefinierbaren Geräusche in seinem Kopf wieder in Worte und Sätze, und die übrigen Gäste knüpften dort an, wo sie gerade noch verharrt hatten.

„Was ist nur los mit dir, Berthold?"

Eine unüberhörbare Sorge klang aus Annas Mund, und Berti begann wieder Gefallen an Mund und Worten von Anna zu finden.

„Ich habe mich gerade völlig zum Idioten gemacht", antwortete Berti mit leiser Stimme, *„das werde ich mir nie verzeihen."*

„Unsinn", widersprach Anna, *„das ist blanker Unsinn, mein lieber Berthold. Und das weißt du auch."*

Berti sah Anna an und ihr Bild verschwand hinter einem Tränenschleier. Annas Herz krampfte sich zusammen, als sie das sah. Sie bereute zutiefst, dass sie Berti das angetan hatte.

„Ich glaube, jetzt muss ich mich bei dir entschuldigen", sagte sie und auch ihre Augen füllten sich mit Tränen.

„Da sitzen wir nun, die Meister der verpassten Gelegenheiten und führen uns auf wie zwei alte Heulsusen."

Berti musste lachen. Er konnte gar nicht anders.

Anna war sichtlich erleichtert, als sie das bemerkte.

„*So, jetzt sage ich dir etwas*", drang es entschlossen aus Annas Mund, „*ich hole uns zwei Butterbrezeln und zwei Gläser Wein.*

Die Brezeln gehen aufs Haus; aber den Wein zahlst du. Einverstanden?"

„*Einverstanden*", antwortete Berti, „*aber ist es nicht noch ein wenig zu früh, um Wein zu trinken?*"

„*Ach was*", erwiderte Anna, „*man muss die Feste feiern, wie sie fallen. Und eines sage ich dir. Bei einem Glas wird es nicht bleiben.*"

„*Dann bring uns doch gleich eine ganze Flasche*", sagte Berti, „*und am liebsten einen Grauburgunder.*"

„*Das ist eine sehr gute Wahl, Herr Doktor*", kam es lachend von Anna zurück, die sich gerade dem strafenden Blick ihres Sohnes ausgesetzt sah, der hinter der Theke erschienen war, um die Tortentheke mit frischer Ware zu versehen.

„*Du kannst denken, was du willst*", sagte Anna zu ihrem Sohn, „*aber wehe, du sprichst es aus!*"

*****

Das „Herold" war eine Institution in der schwäbischen Kleinstadt.

Im Jahr 1910 vom Bäckermeister Johann Herold und dessen Ehefrau Maria als ein Verkaufslokal mit Sitzgelegenheit gegründet, übernahm es dessen Sohn Wilhelm, der es zu einem Kaffeehaus umwandelte, bevor er 1943 vor Stalingrad gefallen ist.

Seine Witwe Erika konnte das „Herold" nur mit viel Willenskraft am Leben erhalten, zumal aus der Ehe mit Wilhelm ein Sohn hervorgegangen war, den es großzuziehen galt, und den sein Vater nie zu Gesicht bekommen hatte.

Karl war es dann, der als 23-Jähriger das „Herold" weiterführte, als seine Mutter Erika sehr krank geworden war und auch schon bald danach verstarb.

Nur wenige Monate danach ehelichte er eine fünf Jahre jüngere Frau namens Anna, die von ihm ein Kind erwartete.

Mit ihr gemeinsam erschuf er dann die jetzige Version des „Herold", einer Mischung aus Café und Weinhaus.

Aus dieser Ehe stammte der jetzige Besitzer, Berthold Herold, dessen Namensgleichheit mit einem gewissen Dr. Berthold Affenthaler wohl rein zufällig war. Und ein Jahr später kam dann noch Alfred auf die Welt.

*****

„Weißt du eigentlich, wie spät es schon ist?"

„Nein. Und ich will es auch gar nicht wissen."
Die Antwort, welche Berti auf Annas Frage gegeben hatte, veranlasste diese zu einem sanften Lächeln. Es untermalte den Zauber, der in dem, sonst menschenleeren Raum, vorherrschte.

Die letzten Gäste waren schon vor Stunden gegangen, und Berti saß mit Anna und einer weiteren Flasche Grauburgunder im abgedunkelten Raum.

Anna hatte eine Kerze angezündet, deren Schein diesen ganz besonderen Zauber des Augenblicks vervollkommnete.

Hatte das „Herold" zu Zeiten, als Anna das Geschäft noch führte, bis zur Sperrstunde um Mitternacht geöffnet, so wurde dies mit der Übernahme durch ihren Sohn geändert.

Treibende Kraft war Dorothea, die Ehefrau von Berthold. Vor ihrer Eheschließung war Dorothea Angestellte bei der hiesigen Sparkasse.

Sie war es auch, und nicht Berthold, die das Geschäft führte, und man muss zugeben, sie machte das richtig gut.

Als schon bald nach der Hochzeit klein Thorsten geboren wurde, brachte sie Berthold dazu, die Geschäftszeiten zu ändern.

Annas dringende Bitte, die bisherigen Geschäftszeiten zu belassen, stießen auf taube Ohren. Die
Stammgäste hatten Anna in ihrem Bemühen unter-
stützt; aber ohne den geringsten Hauch auf Erfolg.

Dorothea, Doro Herold hatte sich zur alleinigen
Herrscherin des „Herold" aufgeschwungen, und dass
Anna im Geschäft noch mitarbeiten durfte, das ver-
dankte sie ihren beiden Söhnen Berthold und Alfred.

Sie hatten darauf bestanden, und Dorothea beugte
sich dem, wenn auch äußerst widerwillig. Was den
jüngeren Bruder von Berthold betraf, so schaffte sie es
relativ schnell, diesen zu vergraulen.

Alfred, der für die Backwaren zuständig war,
schied freiwillig aus, und für ihn wurde ein Geselle
eingestellt. Und Berthold war nach wie vor für die
Torten zuständig.

So schloss das „Herold" täglich nun schon um
19:00 Uhr und am Sonntag hatte es ganz geschlossen.

Berti und Anna hatten sich an diesem Abend viel
zu erzählen. Es fühlte sich an, als wären sie allein auf
der Welt, abgeschirmt von allem, was ängstigt, sorgt
oder bedrückt.

„Hättest du Lust, etwas mit mir zu spielen?"

Berti reagierte auf Annas Frage mit einem skepti-
schen Blick.

„Das kommt darauf an", erwiderte er vorsichtig.

„*Auf was?*", fragte Anna.

„*Nun, ich weiß nicht*", versuchte Berti auszuweichen.

„*Traust du mir etwa nicht?*", setzte Anna nach.

Berti spürte, wie das Eis immer dünner wurde.

„*Doch, doch*", bestätigte er eilig.

„*Na, also*", sagte Anna und erklärte Berti die Spielregeln:

„*Wir stellen uns gegenseitig abwechselnd eine Frage. Und jeder muss antworten – und zwar ehrlich.*"

„*Und über welche Themen?*", fragte Berti vorsichtig.

„*Über alles und jedes. Und es gibt keine Tabus.*"

Berti hatte diese Antwort befürchtet. Sie erstaunte ihn nicht wirklich. Anna war schon zu Schulzeiten stets an vorderster Front und ohne jedwede Furcht.

Vielleicht hätte sie besser ein Junge werden sollen. Sie hatte auch nie Probleme, sich mit anderen Jungen auseinanderzusetzen; notfalls auch mit der nötigen Gewalt.

Und dann begann das fragwürdige Spiel…

„Wer fängt an?", fragte Anna wild entschlossen.

„Du natürlich. Schließlich war es ja deine Idee", antwortete Berti, und den Zusatz, dass es sich um eine Schnapsidee handle, verkniff er sich tunlichst.

„Einverstanden, mein Schatz", sagte Anna und stand auf.

„Ich hole uns nur noch schnell eine neue Flasche."

Berti erschrak. Dass sie ihn gerade „mein Schatz" genannt hatte, damit konnte er umgehen. Vielleicht gefiel es ihm sogar ein wenig.

Aber eine weitere Flasche Wein? Schließlich hatten sie ja schon zwei…

„Wird das nicht zu viel?", fragte er fürsorglich.

„Ach was", polterte Anna, sichtlich dem Alkohol schon Tribut zollend.

„Zuerst hole ich den Wein, den du schon einmal in unsere Gläser füllen kannst. Dann gehe ich in die Küche und schneide uns einen Käse auf. Wie findest du das?"

Berti wollte antworten, kam aber nicht dazu, denn Anna referierte fleißig weiter.

„Wein und Käse, das ist pure Harmonie. So wie jetzt zwischen dir und mir."

Berti schluckte. Das immer näherkommende Frage- und Antwortspiel machte ihm gewaltig Angst.

Er fragte sich, wie weit Anna wohl zu gehen bereit wäre. Würde sie vielleicht bis in intimste Bereiche vorstoßen? Der Gedanke ließ Berti schaudern.

„So mein Schatz, jetzt geht es los. Bist du bereit?"

Berti nickte; aber innerlich rief es deutlich NEIN!

Anna hatte ihr Glas in die Hand genommen und hielt es Berti entgegen.

„Trinken wir auf die Wahrheit und dass sie in dieser Nacht nackt und bloß vor uns stehen möge."

„Himmel!", rief eine innere Stimme laut, *„was geschieht hier gerade? Ist diese Frau noch bei Sinnen?"*

Und als ob Bertis innere Stimme so laut gewesen wäre, dass Anna sie hätte hören können, sagte Anna nach einem prüfenden Blick:

„Vielleicht findest du ja, ich sei verrückt oder einfach nur betrunken. Wenn das der Fall ist, dann steh auf und geh!"

Berti sah in Annas Gesicht, und er konnte weder das eine noch das andere darin erkennen. Vor ihm saß eine Frau, die ihrem Leben stets die Stirn geboten hatte, und die zu allen Zeiten wusste, was sie wollte und was sie tat.

„Du bist die tollste Frau, der ich je begegnet bin", antwortete Berti, *„ und du bist nicht verrückt. Aber ein wenig betrunken sind wir wohl beide. Oder siehst du das anders, mein Schatz? "*

Anna musste laut lachen.

„Ich hätte nie gedacht, dass du mich je überraschen könntest; aber ich habe mich geirrt. Ich möchte, dass du mir einen Kuss gibst. Willst du das tun? "

Berti gab keine Antwort. Er stand auf, nahm Annas Gesicht in beide Hände und gab ihr einen langen Kuss.

Und in diesem Augenblick schlossen ihre beiden Seelen einen Bund, der den Tag nicht überdauern würde.

„So, jetzt fangen wir an. "

Das war die Reaktion, welche Berti wohl am wenigsten erwartet hatte. Anna war eindeutig eine Reinkarnation der Sphinx, nur dass er – im Gegensatz zu Ödipus – ihr Rätsel nicht zu lösen vermochte.

Er fragte sich, ob er an der Seite dieser Frau die Erfüllung gefunden hätte, welche ihm bei Reinhilde verweigert gewesen war. Aber vielleicht würde er ja in den nächsten Minuten Antwort auf diese interessante Frage bekommen…

*****

„Wenn du zurückblickst, würdest du dein Leben wieder genauso leben wollen?"

Mit dieser Frage eröffnete Anna das Spiel.

„Ganz sicher nicht", antwortete Berti, ohne auch nur einen kurzen Augenblick darüber nachzudenken.

„Und warum nicht?", fragte Anna weiter.

„Stopp! Das ist gegen die Spielregel."

Anna lächelte und sagte:

„Du hast völlig recht; entschuldige bitte. Ich sehe, du hast die Regeln bestens verstanden. Jetzt du!"

Berti beschloss, den Stier bei den Hörnern zu packen.

„Könntest du dir vorstellen, dass wir beide als Paar glücklich geworden wären?"

Und wieder lächelte Anna. Sie hielt sich mit ihrer Antwort zurück. Aber nicht, weil sie keine Antwort parat hatte, sondern weil sie befürchtete, Berti verletzen zu können.

„Du kennst die Regeln", urgierte Berti, *„schonungslose Offenheit."*

Dann antwortete Anna auf kryptische Weise.

„Kennst du den Unterschied zwischen einer Dampflok und einem Segelflugzeug?"

Berti konnte mit dieser Antwort zunächst nicht wirklich etwas anfangen. Schließlich sagte er:

„Ich denke schon. Aber ich bin sicher, es ist nicht das, was du mir damit mitteilen willst. Also bitte, erkläre es mir."

„Eine Dampflok wird auf eine Schiene gesetzt und bewegt sich fortan immer nur auf dem ihr damit vergebenen Weg.

Ein Segelflugzeug hingegen ist frei in seiner Bewegung. Es lässt sich vom Wind treiben und er bestimmt, wohin es geht."

Es dauerte eine Weile, bis Berti darauf reagieren konnte.

„Ich nehme an, dass die Rollen klar verteilt sind und dass ich nicht das Segelflugzeug bin."

Anna neigte ihren Kopf leicht zur Seite und lächelte, und Berti bewunderte die Feinfühligkeit, mit welcher Anna ihm gerade geantwortet hatte.

„Wie ist es mit dir?", stellte Berti seine nächste Frage an Anna, und Anna war sehr froh darüber, dass Berti ihre Antwort so gut aufgenommen hatte.

„Würdest du dein Leben wieder so leben wollen?"

„*Ganz sicher sogar*", antwortete Anna, „*es war richtig und es war gut, so wie es war.*"

Berti war fast ein wenig enttäuscht über Annas Antwort. Er kannte Annas Ehemann, und Karl war aus Bertis Sicht nicht gerade ein Hauptgewinn.

Man bekam ihn nur sehr selten zu Gesicht. Bedingt durch seinen Beruf, arbeitete er in der Nacht und schlief am Tag.

Gelegentlich setzte er sich schon einmal am Abend zu seinen Gästen an den Stammtisch, wobei sich seine Wortmeldungen eher im Hintergrund bewegten.

Als er starb, war er gerade einmal Anfang sechzig. „Staublunge", so hieß es, sei die Ursache für sein frühes Dahinscheiden gewesen.

Das klingt makaber, aber man vergisst, dass Mehl sehr fein ist und in die Lunge dringt. Und welcher Bäcker setzt sich schon eine Schutzmaske auf, wenn er in der übermäßig heißen Backstube seiner Arbeit nachgeht.

„*Willst du den Rest deines Daseins alleine fristen?*"

Berti überlegte, und als er antwortete, war das tatsächlich genau das, was er auch dachte:

„*Ich weiß es nicht.*"

„Und was ist mit dir?", fragte Berti, worauf Anna herzlich lachen musste.

„Ich brauche keinen Mann mehr. Ich habe meine Arbeit und meine Enkelkinder; das genügt mir völlig."

Bevor Anna ihre nächste Frage stellte, sah sie Berti eindringlich an. Es schien, als wolle sie ihn hypnotisieren.

Berti beschlich ein Gefühl, als wäre er ein Kaninchen und Anna die vor ihm sitzende Schlange, die ihn jetzt gleich verschlingen würde. Berti bekam feuchte Hände.

Als Anna endlich mit ihrer Frage herausrückte, wusste Berti, warum ihm so zumute war.

„Liebst du Marianne?"

Berti bekam einen trockenen Hals. So sehr er sich auch wand, er konnte dem starren Blick seines Gegenübers nicht entfliehen.

Hinzu kam, dass er sich selbst dieser nahe liegenden Frage nie gestellt hatte. Dass er starke Gefühle für Marianne hatte, war ihm allemal bewusst.

„Hast du die Frage verstanden?", insistierte Anna und blickte Berti erwartungsvoll an.

Berti schüttelte den Kopf.

„*Was jetzt?*", setzte Anna nach, „*hast du die Frage verstanden oder soll ich sie wiederholen?*"

„*Ja, ich habe die Frage verstanden und nein, du musst sie nicht wiederholen*", drang es mit großer Heftigkeit aus Berti heraus.

„*Dann ist es ja gut. Jetzt musst du nur noch antworten.*"

In diesem Augenblick verstand Berti, welchen Zweck dieses Spiel verfolgte. Es diente einzig und allein dieser einen Frage.

„*Ich möchte das Spiel nicht mehr weiterspielen*", sagte Berti, „*ich werde jetzt aufstehen und gehen.*"

„*Das wirst du nicht tun*", erwiderte Anna, „*du wirst dich dieser Frage und damit deinen Gefühlen stellen, sonst wirst du es nie tun und den Rest deines Lebens bereuen.*"

Berti ergriff eine große Bewunderung für diese Frau, die weit mehr war, als die Frau eines wortkargen Bäckermeisters.

Er wünschte sich, sie würde ihm gestatten, den Rest ihrer beider Leben gemeinsam zu gestalten, wusste aber genau, dass das nie stattfinden würde.

Und dann hatte er plötzlich das Bild von Marianne vor seinen Augen. Er sah sie ganz deutlich vor sich, und das Bild wollte nicht mehr weggehen.

„Ja", sagte er, *„ich war vom ersten Moment unserer Begegnung von dieser Frau fasziniert."*

Seine Worte waren, wie von magischer Hand gelenkt, von ganz allein über seine Lippen gekommen.

„Aber dass es Liebe sein könnte, das hat mir mein Verstand bis heute verboten. Ist das nicht verrückt?"

„Nein, mein Lieber", erwiderte Anna, *„das ist wunderbar. Ich freue mich aus ganzem Herzen für dich und Marianne."*

Der verklärte Gesichtsausdruck von Berti wandelte sich urplötzlich in eine große Ernsthaftigkeit um. Der Verstand hatte seine Macht über Berti wieder zurückerobert.

„Das ist blanker Unsinn", sagte er vehement, *„weißt du, um wie viele Jahre ich älter bin als diese Frau?"*

„Nicht genau, Herr Dr. Affenthaler", antwortete Anna, *„aber Sie werden es mir gleich ganz genau sagen; nicht wahr?"*

Jedes dieser Worte aus Annas Mund klang wie ein Peitschenhieb. Es schien, als wolle sie Berti damit züchtigen.

Berti schaute Anna fragend an. Was wollte sie ihm dadurch bedeuten? Warum war Anna so aggressiv?

Die Antwort kam postwendend:

„Du verdammter Narr", sagte Anna in unvermindert heftiger Lautstärke, *„was muss noch passieren, dass du die Lok endlich einmal aus ihrem Gleis springen lässt?"*

Diese wiederholte Parabel drang tief in die Seele von Berti ein. Er verstand augenblicklich, was Anna ihm damit bedeuten wollte.

Und als wäre das nicht schon genug, legte Anna nach:

„Kannst du dich an die erste Frage erinnern, die ich dir gestellt habe?"

„Du meinst die, ob ich mein Leben wieder genauso leben würde, könnte ich noch einmal von vorne beginnen?"

„Genau die", antwortete Anna, *„und weißt du auch noch, was du mir geantwortet hast?"*

„Natürlich weiß ich das noch", antwortete Berti.

„Jetzt hast du die Gelegenheit, dein Leben noch einmal zu leben, wenn auch nicht in seiner ursprünglichen Länge.

Kaufe gleich morgenfrüh den Blumenstrauß, den du mir nicht geschenkt hast, geh damit zu Marianne und mache einen Krankenbesuch.

Und vergiss nicht, ihr zu sagen, dass du sie liebst."

Berti saß da wie versteinert. Die Nebelschwaden des üppigen Alkoholkonsums hatten sich schlagartig verzogen, und in seinem Kopf herrschte völlige Klarheit.

Er führte sich Annas Strafpredigt noch einmal – Wort für Wort – zu Gemüte, und er konnte nichts Falsches dabei entdecken.

Sollte es wirklich so einfach sein?

„Und du meinst wirklich…?“

Weiter kam er nicht.

„Wage es ja nicht, die Lok wieder aufs Gleis zu setzen“, drohte Anna eindringlich, *„sonst sind wir die längste Zeit Freunde gewesen.“*

Berti fühlte eine wohlige Wärme in seinem Körper. Er stand auf, und mit einem Leuchten in seinen Augen drückte er Anna einen dicken Kuss auf die Stirn. Einen Kuss auf Annas Mund verbot ihm sein Gewissen. Seine Lippen würden in Hinkunft nur noch einer Frau gehören.

„Ich danke dir sehr, meine wunderbare Freundin; das werde ich dir nie vergessen.“

„Ist gut“, antwortete Anna, *„und jetzt geh endlich nach Hause. Eine alte Frau braucht ihren Schlaf.“*

*****

Heute war Tag 6 nach der denkwürdigen Sitzung im „Herold".

Nachdem Berti in seiner Wohnung angekommen war, musste er erst einmal seine Gedanken sortieren, die wie wild im Kopf hin und her sausten.

Eine innere Stimme sagte ihm immer wieder, dass Anna in der Theorie sicher recht hätte, die Durchführung jedoch zumindest fragwürdig erscheine.

Als sein Blick auf ein Bild seiner verstorbenen Gattin fiel, welches – aus Pietätsgründen – noch immer an der Wand hing, ging ein Ruck durch Berti.

Er nahm das Bild von der Wand und legte es in eine Schublade. Es wegzuwerfen, fehlte ihm der Mut.

Danach ging er ins Bad und betrachtete sich im Spiegel. Was ihm da entgegenblickte, war eher demotivierend. Schlecht rasiert, das Haar ungeordnet, Ringe unter den Augen und viele Lebenslinien im Gesicht.

Es war wohl doch ein leichtes Übermaß an Alkohol, dem er sich seit dem Abend im „Herold" hingegeben hatte.

„Jetzt ist es genug; Schluss damit!"

Berti hatte diese Worte mit Nachdruck seinem Spiegelbild förmlich entgegengeschleudert.

Und diese Ansprache zeigte auch Wirkung.

Am nächsten Tag ging er in den Schönheitssalon „Margit", ließ sich die Haare schneiden, eine Gesichtsmaske auflegen und die Hände maniküren.

Als er nach dieser Prozedur in den Spiegel schaute, war er äußerst angetan von seiner Erscheinung.

Bis zu diesem Tag hatte er keinen großen Wert auf sein Äußeres gelegt. Das heißt aber nicht, dass er etwa ungepflegt gewesen wäre.

Es war mehr ein stiller Protest gegen das Matriarchat, dem er viele Jahre, in der Gestalt seiner Ehefrau, ausgeliefert war.

Reinhilde, die ihren Körper als Tempel betrachtete, und sehr viel Geld in ihn investierte, erwartete dasselbe auch von Berti. Und Berti hatte nicht den Mumm, sich ihr zu widersetzen.

Der nächste Schritt führte Berti in ein Herrenbekleidungshaus. Mit den Worten *„ich möchte mich modisch neu orientieren"* übergab er sich in die fachkundigen Hände eines Verkäufers.

Dieser ging mit viel Enthusiasmus ans Werk, und Berti musste sich gegen den einen oder anderen Vorschlag wehren, um nicht als Dandy[4] das Geschäft zu verlassen.

Nun kam Schritt drei an die Reihe.

----

[4] Übertrieben modisch gekleideter Mann.

Berti setzte sich an seinen Computer, spannte ein virtuelles Blatt Papier ein und begann mit der Niederschrift seiner Ansprache für Marianne.

Als der das x-te Blatt in den virtuellen Papierkorb geworfen hatte, beendete er den Vorgang. Er würde schon die richtigen Worte finden, würde er erst einmal vor der Angebeteten stehen.

Am darauffolgenden Tag würde sich alles entscheiden. Dann hieß es:

„To be or not to be; that`s the question..." [5]

*****

Der Blumenstrauß, den Berti fest umschlossen in seiner Hand hielt, war prachtvoll.

Auf die Frage der Verkäuferin im Blumenladen, für welchen Anlass Berti den Strauß benötige, hatte Berti geantwortet:

„Für meine liebe Gattin zum Hochzeitstag."

Dass er in Wahrheit für eine potenzielle Geliebte wäre, ging ihm nicht über die Lippen, zumal sich noch andere Kunden im Raum befanden.

---

[5] *Sein oder nicht sein; das ist die Frage* (aus Hamlet)

Kaum, dass Berti das Geschäft verlassen hatte, fühlte sich eine Kundin bemüßigt, Bertis Lüge zu entlarven, indem sie zu der Verkäuferin sagte:

Ich kenne diesen Herrn. Es ist der frühere Direktor vom Gymnasium. Seine Gattin ist schon lange tot."

Ein Raunen setzte augenblicklich ein. Und da sich die im Raum befindliche Klientel ausschließlich aus holder Weiblichkeit bestand, stand einer heftigen Diskussion über das Thema „alte, geile Böcke" nichts mehr im Wege.

*****

Berti hatte feuchte Hände, als er auf den Klingelknopf drückte.

Die Tür öffnete sich und ein Knabe mit Lockenkopf öffnete.

„Wer bist du?", fragte der Knabe unverblümt und setze Berti damit in größtes Erstaunen, denn er schätzte sein Gegenüber auf mindestens 10 Jahre.

Ein Alter, wo man ein Mindestmaß an Höflichkeit und gutem Benehmen durchaus erwarten könnte.

Die herbe Begrüßung verwirrte Berti dermaßen, dass er dem Knaben die Blumen in die Hand drückte und sagte:

„*Gib sie deiner Mutter und sage ihr, sie sind von Frau Herold. Sie lässt sie lieb grüßen und wünscht ihr gute Besserung.*"

Berti wollte sich gerade abwenden, als die Tür ganz aufging und Marianne hervortrat.

„*Grüß Gott, Herr Doktor. Das ist aber eine Überraschung. Kommen Sie doch bitte herein.*"

„*Das geht leider nicht*", erwiderte Berti hastig, „*ich muss zu einem wichtigen Termin. Vielleicht ein anderes Mal.*"

„*Schade*", sagte Marianne, „*aber dann richten Sie bitte Frau Herold meinen herzlichsten Dank aus und Ihnen danke ich sehr, dass Sie mir diesen wunderbaren Strauß vorbeigebracht haben.*"

Berti reichte Marianne die Hand zum Abschied, wünschte ihr einen schönen Tag und baldige Genesung und entfernte sich in großer Eile.

Die wiederholte Frage des Knaben „*wer bist du?*", hörte er ebenso wenig wie die Worte der Mutter:

„*Das ist ein sehr lieber Mann. Und jetzt komm wieder herein, Alexander.*"

Alexander winkte Berti hinterher und folgte dann seiner Mutter ins Innere.

*****

44

Die Wohnung von Dr. Berthold Affenthaler glich einer Festung. Die Eingangstür war fest verschlossen und alle Vorhänge waren zugezogen.

Er ging nicht mehr vor die Tür, ließ sich das Essen nach Hause liefern (bevorzugt vom Italiener) und dem Briefkasten vor dem Haus schenkte er keine Beachtung.

Das Telefon klingelte mehrmals am Tag, aber Berti reagierte nicht darauf. Es war eh immer der gleiche Anrufer bzw. die gleiche Anruferin.

Die Angst vor einem Aufeinandertreffen mit Anna Herold war übermächtig, sie lähmte ihn mehr oder weniger.

Was hatte er nur getan? Was war in ihn gefahren, dass er sich dem Jungen gegenüber derart verhalten hatte?

Sicher, schuld daran war der Junge. Hätte dieser ihn nicht in einer unverschämten Art angesprochen, wäre das Ganze anders verlaufen...

Und dann passierte das Unausweichliche: „Anna ante portas!"[6]

Berti saß gerade im Wohnzimmer vor dem Fernseher, als es mehrmals an der Haustür läutete.

---

[6] Vor den Toren (Hannibal)

Er schlich vorsichtig zur Tür und schaute durch den Spion.

Draußen stand, wie nicht anders zu erwarten, Anna Herold.

Berti schlich sich wieder auf leisen Sohlen zurück ins Wohnzimmer. Er setzte sich in seinen Sessel, beseelt von der Hoffnung, der Feind vor dem Tor möge zurückweichen.

Aber nichts dergleichen geschah. Im Gegenteil. Der Feind blies zum Generalangriff.

„Ich weiß, dass du da drin bist, Berti. Mach sofort die Tür auf!"

Anna Herold war ums Haus herumgegangen und trommelt mit beiden Fäusten heftig gegen die Glastür des Wohnzimmers.

„Du elender Feigling", schrie Anna weiter, *„wenn du nicht augenblicklich die Tür aufmachst, schrei ich die ganze Nachbarschaft zusammen und erzähle ihnen, was du getan hast."*

Berti sank in sich zusammen. *„Was mache ich nur?"*, schoss es ihm durch den Kopf, während Anna unablässig weiter gegen die Glastür trommelte.

„Jetzt ist schon alles egal", sagte Berti vor sich hin, während er sich zur Glastür schleppte, um zu kapitulieren.

„Na endlich! "

Mit diesen spärlichen Worten betrat Anna Herold die Wohnung ihres Gegners.

Sie setzte sich in den Sessel gegenüber und schaute Berti lange an. In ihrem Blick lag nichts Böses. Er drückte vielmehr tiefes Mitleid aus für einen Mann, den sie sehr schätzte, ja mochte, und dessen Handlungsweise zu verstehen, sie sich gerade sehr schwertat.

„Wie geht es dir? "

Berti starrte Anna entgeistert an. Der sorgenvolle Klang ihrer Stimme und die Frage an sich verunsicherten ihn.

„Nicht sehr gut ", antworte Berti wahrheitsgemäß.

„Das sieht man ", sagte Anna lächelnd, die den leeren Pizzakarton auf dem Tisch bemerkt hatte.

„Man sieht, dass hier eine Frau fehlt, die sich um dich kümmert. "

Damit eröffnete Anna Herold ein dringend notwendiges Gespräch.

„Was hast du dir dabei gedacht, als du in meinem Namen Blumen überreicht hast? "

„Du weißt es schon ", antwortete Berti lapidar.

„*Was hast du denn gedacht?*", erwiderte Anna, „*Marianne hat mich angerufen, um sich zu bedanken.*"

„*Dann weiß sie, dass die Blumen von mir waren und nicht von dir*", sagte Berti, nun endgültig resignierend.

„*Nein, du Schaf*", erwiderte Anna, „*das weiß sie nicht. Ich habe ihren Dank einfach entgegengenommen.*"

Berti sah Anna völlig entgeistert an. Nach einer kurzen Weile sagte er:

„*Warum hast du das gemacht?*"

„*Warum wohl, du Schaf?*", erwiderte Anna, „*um dir eine zweite Chance zu verschaffen, die du hoffentlich nicht wieder versaust.*"

Berti bekam Herzerln in die Augen. Am liebsten wäre er aufgestanden, um Anna zu umarmen. Was für eine außergewöhnliche Frau.

Das Prädikat „Rindvieh" oder „Hornochse" für seine Person und sein Handeln wäre tausendmal angebrachter. Aber nein; Anna begnügte sich mit dem Wort „Schaf".

„*Aber sei dieses Mal etwas feinfühliger dem lieben Jungen gegenüber*", fügte Anna noch hinzu, was augenblicklich einen heftigen Widerspruch bei Berti auslöste.

„Den Schuh ziehe ich mir nicht an", sagte er, *„dein lieber Junge entbehrt jeglicher guten Kinderstube. Die Art, wie er sich mir gegenüber verhalten hat, war völlig inakzeptabel. "*

„Du bist ja noch dümmer, als ich bis eben gedacht habe. "

Diese Worte trafen Berti wie ein Keulenschlag. Gut, sein Verhalten Marianne gegenüber und in Verbindung damit auch Anna gegenüber waren auch nicht gerade die feine englische Art. Aber die Reaktion gerade eben von Anna ihm gegenüber wollte er keinesfalls auf sich sitzen lassen.

Er wollte gerade seiner Empörung Luft machen, als er Anna sagen hörte:

„Alexander hat Trisomie 21, besser bekannt als das Downsyndrom. "

Berti fühlte, wie es ihm gerade die Kehle zuschnürte.

„Mein Gott", drang es mühsam aus ihm heraus.

„Weißt du, was Trisomie 21 ist? ", fragte Anna und Berti antwortete:

„Ja, ich weiß, was das ist... "

Berti brauchte einen Moment, bevor er weitersprechen konnte.

„Ich schäme mich so sehr, dass ich das nicht er-
kannt habe und für das Unrecht, das ich dem armen
Jungen angetan habe."

„Das brauchst du nicht", versuchte Anna Berti zu
beschwichtigen, *„man kann es Alexander nicht unbe-*
dingt ansehen."

„Es ist lieb von dir, dass du das sagst; aber ich
werde mir das nie verzeihen. Und seiner Mutter kann
ich nie mehr unter die Augen treten."

Als Bertis Augen sich mit Tränen füllten, wehrte er
sich nicht dagegen. Er fühlte, wie alles Elend dieser
Welt auf ihn hereinbrach.

„Du Jammerlappen", schimpfte Anna. Sie war
aufgesprungen, und man hätte meinen können, sie
wolle sich jeden Augenblick auf Berti stürzen.

„Pass auf, dass du nicht in deinem Selbstmitleid
ertrinkst."

Berti sah Anna mit großen Augen an. Was war
jetzt schon wieder los? *„Kann man es dieser Frau*
denn nie recht machen?"

„Warum beschimpfst du mich so, warum bist du so
böse zu mir?"

Verzweiflung lag in Bertis Worten, was Anna augenblicklich anrührte. Vielleicht war sie Berti etwas
zu forsch angegangen.

„Hast du etwas zu trinken im Haus?", fragte sie.

„An was hast du denn so gedacht?", fragte Berti zurück.

„Irgendetwas Alkoholisches", antwortete Anna, *„vielleicht einen Whisky?"*

„Oh ja", antwortete Berti begeistert, erkannte er doch eine willkommene Gelegenheit, Anna ihm gegenüber wieder ein wenig gesonnener zu machen.

„Ich habe einen sehr alten Single Malt. Das war ein Abschiedsgeschenk anlässlich meiner Pensionierung."

„Das trinke ich nicht", erwiderte Anna, *„das ist etwas für Weicheier. Hast du keinen Bourbon Whiskey, einen Jack Daniels vielleicht?"*

„Ich bin doch keine Bar, Anna", sagte Berti lachend, der ganz offensichtlich im Begriff war, allmählich wieder seine innere Balance wiederzufinden.

„Aber ich habe noch etwas", startete Berti einen zweiten Versuch, *„auch ein Abschiedsgeschenk, einen Armagnac aus Frankreich."*

„Das ist Musik, lieber Berti", erwiderte Anna, *„den kannst du uns kredenzen."*

„Ich weiß aber nicht, ob ich die passenden Gläser dafür habe", gab Berti zu bedenken, worauf Anna antwortete:

„Das spielt keine Rolle. Notfalls trinken wir ihn aus Kaffeetassen."

Berti holte das kostbare Getränk und goss zwei Gläser ein. Die beiden Freunde stießen an und nahmen einen kräftigen Schluck.

„Meine Herrn, der hat es aber in sich", sagte Berti, der gerade nach Luft schnappte, während Anna keine Miene verzog.

„Wieso kennst du dich so gut aus mit diesen Dingen?", fragte Berti und in seiner Stimme schwang ein wenig Bewunderung mit.

„Hast du vergessen, dass ich in der Gastronomie zu Hause bin", antwortete Anna und nahm einen weiteren Schluck.

Die Antwort vermochte Berti nicht wirklich zu befriedigen; aber er unterließ es tunlichst, weiter nachzufragen.

„Jetzt hör mir bitte genau zu", sagte Anna, und ihr Tonfall machte deutlich, dass nun ein ernstes Gespräch folgen würde.

„Du liebst doch Marianne", begann sie, *„oder hat sich daran etwas geändert?"*

„Nein", antwortete Berti, und seine Antwort kam aus tiefstem Herzen.

„Auch jetzt noch, da du weißt, dass Marianne ein behindertes Kind hat?"

Berti musste erst gar nicht nachdenken. Auch diese Frage beantwortet er mit einem klaren JA.

„Dann ruf sie an und frage sie, ob du ihr einen Besuch abstatten darfst."

„Ich habe keine Telefonnummer von ihr", sagte Berti, was ihm zum wiederholten Male den tierischen „Kosenamen" einbrachte.

„Die bekommst du von mir, du Schaf."

Es folgte längeres Schweigen. Anna beobachtete Berti und befürchtete schon, er würde die Lok wieder auf die Schiene setzen, als sie ihn fragen hörte:

„Hast du eine Idee, was ich dem Jungen mitbringen könnte?"

„Der Junge heißt Alexander und ist 12 Jahre alt. Dir wird schon etwas einfallen; aber ich denke, mit Schokolade kannst du nicht viel verkehrt machen. Was er aber sicher nicht mag, sind Ressentiments; aber ich denke, die hast du auch nicht.

Und jetzt gieß uns noch ein und lass uns darauf anstoßen, dass du nicht wieder davonläufst..."

*****

Berti hatte im Internet recherchiert, um sich ein Grundwissen für das Downsyndrom anzueignen. Was er da zu lesen bekam, stimmte ihn tief nachdenklich.

Was für eine Herkulesarbeit musste die Betreuung und Erziehung eines davon betroffenen Kindes für Marianne wohl darstellen...

Das Gefühl, welches Berti dieser Frau gegenüber empfand, verstärkte sich um ein Vielfaches, und der Wunsch, ihr nahe zu sein, wurde von Tag zu Tag mehr.

Dann kam der Tag, an dem er mit klopfendem Herzen erneut vor dem Haus stand, von dem er geflüchtet war.

Als sich die Tür öffnete, stand aber dieses Mal nicht der Junge vor Berti, sondern eine Frau in etwa seinem Alter.

„Grüß Gott! Was wünschen Sie?"

Die Frau, welche Berti begrüßte, hatte schwarzes Haar, dunkle Augen und ein liebevolles Gesicht. Ihre Stimme war samtig weich und ihr Körper von leicht molliger Form.

„Mein Name ist Berthold Affenthaler", antwortete Berti, *„Frau Marianne erwartet mich."*

„Lass nur Mamutschka, ich mach das schon."

Marianne war hinzugetreten und stand nun mit einem zauberhaften Lächeln vor Berti.

„Bitte, kommen Sie doch herein, Herr Doktor."

Berti trat ein und entfernte das Papier, welches ein dezenteres Blumengebinde als beim letzten Mal umwickelte. Er überreichte es Marianne mit den Worten:

„Vielen Dank für die Einladung, Frau Marianne."

Eigentlich hatte sich Berti ja selber eingeladen, indem er Marianne angerufen hatte und um die Erlaubnis bat, sie besuchen zu dürfen.

Dass Marianne so spontan zusagte, hatte Berti schon überrascht; aber natürlich noch mehr gefreut. Er meinte sogar herausgehört zu haben, dass Mariannes Zusage ein wenig freudig klang.

„Bitte, nennen Sie mich einfach nur Marianne."

„Das mache ich gern; aber nur, wenn Sie den <Doktor> weglassen", erwiderte Berti.

Marianne schien verunsichert.

„Wie soll ich denn sagen?", fragte sie und Berti antwortete:

„Ich fände es schön, wenn Sie mich Berti nennen würden."

Berti sah in Mariannes Gesicht, dass ihr das unangenehm war.

„Ich weiß nicht…", sagte sie zögerlich.

„Sie können aber auch Berthold zu mir sagen, wenn Ihnen das sympathischer ist", schlug Berti vor.

„Nein", erwiderte Marianne, *„Berti gefällt mir besser."*

Damit war das Eis gebrochen.

Marianne führte Berti ins Wohnzimmer, wo sich Mariannes Mutter und Alexander befanden.

„Alexander haben Sie ja schon kennengelernt", sagte Marianne und deutete dann auf ihre Mutter.

„Das ist meine Mutter Natascha."

Berti ging zu der Frau und küsste ihr die Hand.

„Ein Gentleman", sagte Natascha, *„es ist schön, dass es das noch gibt."*

„Ich habe ein kleines Problem. Ein kurzfristiger Termin für Alexander, den ich nur ungern absagen möchte. Ich hoffe, Sie haben Verständnis dafür.""

Mariannes Stirn hatte sich in Falten gelegt, als sie das sagte. Ein Zeichen, dass ihr das äußerst unangenehm war.

„*Das ist doch selbstverständlich, liebe Marianne*", erwiderte Berti, „*ich kann Sie sehr gern dort hinfahren, so Sie das möchten.*"

„*Vielen Dank, Herr Doktor*", sagte Marianne, „*das ist sehr lieb von Ihnen. Aber Alexander ist unser Auto gewöhnt, und er würde sich in einem fremden Auto nicht wohlfühlen.*"

„*Das verstehe ich, Marianne. Das ist überhaupt kein Problem. Ich werde ein anderes Mal wiederkommen.*"

Marianne sah Berti voller Dankbarkeit an. In der Aufregung hatte sie ganz vergessen, den „Herrn Doktor" wegzulassen.

Berti wollte sich verabschieden und reichte Natascha die Hand.

„*Würden Sie die Freundlichkeit besitzen und einer alten Frau Gesellschaft leisten, bis die beiden wieder zurück sind?*"

Berti war überrascht, als er diese Worte aus Nataschas Mund hörte. Und bevor er darauf antworten konnte, fügte Marianne hinzu:

„*Das ist eine wunderbare Idee, Mamutschka. Aber natürlich nur, wenn der Herr Doktor auch Lust dazu hat.*"

Berti erschien der Tonfall, mit dem Marianne das gesagt hatte, ein wenig seltsam. Und dennoch sagte er:

„*Mit größter Freude, meine Damen, das mache ich sehr gern*", sagte Berti, „*aber nur, wenn Sie, liebe Marianne, aufhören, Herr Doktor zu mir zu sagen.*"

Marianne lachte. Sie errötete leicht. Natascha hat es bemerkt und wandte sich an Berti mit den Worten:

„*Wie heißen Sie eigentlich?*"

„*Berthold, gnädige Frau*", antwortete Berti, „*aber meine Freunde nennen mich Berti.*"

„*Dann hätten wir das ja geklärt, Berti*", sagte Natascha, „*und die gnädige Frau heißt Natascha.*"

„*Dann mache ich mich jetzt mit Alexander auf den Weg. Ich werde schauen, dass wir so schnell wie möglich wieder zurück sind.*"

Marianne hatte Alexander an der Hand genommen und wollte schon das Zimmer verlassen, als Berti sie aufhielt.

„*Das ist für dich, Alexander*", sagte Berti und überreichte dem Jungen einen Pandabären aus Plüsch, den er die ganze Zeit unter dem Arm gehalten hatte.

Das Tier war fast so groß wie Alexander.

Alexander war unsicher, was er tun sollte. Erst als seine Großmutter ihn aufmunterte, den wunderschönen Bären entgegenzunehmen, trat er zu Berti und griff nach dem Plüschtier.

„*Gefällt er dir?*", fragte Berti und Alexander bedankte sich auf eine für Berti überraschende Weise.

Alexander ging zu Berti und schlang seine Arme um Bertis Hüfte. Den Panda hatte er zuvor Marianne in die Hand gedrückt.

Berti war sichtlich gerührt. Marianne und Natascha sahen einander an und kommunizierten nonverbal. Was sie sich sagten, sollte Berti schon bald erfahren.

„*Dann bis nachher*", sagte Marianne und wollte den Panda auf einen Sessel setzen, was Alexander jedoch nicht zuließ. Er holte seinen Bären und hielt ihn fest umklammert.

„*Soll der etwa mitkommen?*", fragte Marianne und Alexander nickte.

„*Gut, dass wir genügend Platz im Auto haben*", sagte Marianne, und dann zogen die beiden, zusammen mit dem Bären los.

„*Was für ein bemerkenswerter Junge und was für eine tolle Mutter*", sagte Berti. Und es kam ihm aus tiefstem Herzen.

„*Und was ist mit mir?*", fragte Natascha scherzend, und als Berti antworten wollte, sagte sie:

„*Jetzt trinken wir erst einmal einen Wodka.*"

*****

Obwohl der Raum, in welchem sich Berti mit einer Frau befand, die er nicht so recht einordnen konnte, fiel ihm dennoch eine Ikone auf, die an der Wand über dem Fernseher hing.

Als Natascha mit der Wodkaflasche zurückkam, fragte er sie, woher das wunderschöne Heiligenbild stamme.

„Das ist die Dreifaltigkeitsikone nach Andrej Rubljoff[7], einem berühmten Ikonenmaler aus dem 14. Jahrhunderts", antwortete Natascha, *„aber leider nur eine Kopie. Das Original ist unbezahlbar."*

Natascha füllte den Wodka in zwei Trinkglas ähnliche Gefäße. Die Menge war so groß, dass es Berti fast die Augen aus den Höhlen drückte.

Erst in diesem Augenblick wurde ihm bewusst, wer oder was diese Frau war. Man musste nur eins und eins zusammenzählen. Ihr Name, die Ikone und das außergewöhnliche Gebinde, aus welchem ihn der Inhalt bedrohlich ansah.

„Nastarowje, Berti!"

Natascha hielt Berti das Trinkglas entgegen, begleitet von einem Lächeln, das nichts Gutes verhieß. Sie setzte an und trank das Glas in einem Zug aus.

---

[7] Andrei Rubljow war ein russischer Ikonenmaler und ist ein Heiliger der Östlich-Orthodoxen Kirche

„*Sehr zum Wohl, Natascha*", erwiderte Berti und tat es Natascha gleich.

Dass dies keine so gute Idee war, stellte sich postwendend ein; denn es dauerte eine geraume Weile, bis Berti danach wieder genüg Luft bekam.

„*Bravo Berti*", sagte Natascha lachend, *"Sie sind ein Mann nach meinem Geschmack."*

Was wie ein Kompliment klang und wohl auch so gemeint war, beunruhigte Berti hingegen in hohem Maße.

Flirtete diese Frau gerade eben mit ihm?

Natascha lächelte Berti unentwegt an, ohne auch nur ein einziges Wort zu sagen.

„*Der hat es aber in sich*", bemerkte Berti, in der Hoffnung, ein Gespräch damit in Gang zu bringen.

Es funktioniert aber nicht. Natascha sah ihn weiter prüfend an.

„*Sie lieben meine Tochter, nicht wahr?"*

Berti griff hastig nach der Stopka[8], welche Natascha inzwischen wieder angefüllt hatte und ließ die atemberaubende Flüssigkeit tapfer durch die Kehle rinnen.

---

[8] Stopka ist das traditionelle Wodkaglas, in welches 100 Gramm hineinpassen, die Maßeinheit für Wodka.

Berti verdrehte erneut seine Augen, rang nach Luft und überlegte, nach was es wohl schmecken könnte, was er da gerade getrunken hatte.

Es gibt ja diverse Möglichkeiten des verwendeten Rohstoffs: Kartoffeln, Weizen, Roggen, Zuckerrübe, Trauben, ja sogar Quinoa, je nach Herkunftsland. Und also war die Frage durchaus berechtigt.

Natascha hielt Berti fest in ihrem Blick. Hilflosigkeit machte sich bei Berti breit.

„Was ist, Towarischtsch?[9] *Hast du die Frage nicht verstanden?"*

„Ich habe gedacht..."

Weiter kam Berti nicht. Natascha hatte begonnen, schallend zu lachen. Sie klopfte sich dabei auf die Schenkel und sie konnte sich einfach nicht beruhigen.

„Das muss ich meinen Bridgepartnerinnen erzählen", sagte sie und verfiel erneut in lautes Gelächter.

„Hast du wirklich gedacht, ich hätte an einem alten Mann, wie dir, Interesse?"

Berti wurde hin- und hergerissen. Die Welt stand auf einmal auf dem Kopf, und sie begann gerade sich zu drehen.

„Ich glaube, mir wird schlecht."

---

[9] Genosse, Kamerad, Kollege

Es war keine körperliche Übelkeit, welche Berti anfocht, es war diese Frau, die sich völlig über ihn stülpte.

„Keine Angst, mein Doktorchen, ich brauche und ich will auch keinen Mann mehr. Das ist längst vorbei. "

Berti musste in diesem Augenblick daran denken, was Marianne zu dem Vorschlag ihrer Mutter gesagt hatte, bevor sie wegging. Genauer an die Art, wie sie das gesagt hatte.

Jetzt wurde es ihm bewusst. Diese Frau war eine Naturgewalt, die so groß war, dass man von ihr fast erschlagen wurde.

„Habe ich dich erschreckt? "

Natascha sah Berti mit einem Blick an, der seine innere Ruhe wieder zurückkehren ließ. Hinzu kam ihre samtweiche Stimme, die so ganz anders war als noch eben zuvor.

„Ich freue mich, dass du meine Marianne gernhast ", sagte Natascha, *„und ich hoffe, du magst auch den kleinen Sascha. Die beiden gibt es nur im Doppelpack.*

Und jetzt trinken wir noch ein Wässerchen. "[10]

*****

---

[10] Übersetzung für Wodka

„Wo ist der Herr Doktor? Ist er schon gegangen?"

Marianne war mit Alexander zurückgekehrt. Der Termin hatte doch länger gedauert als gehofft.

„Nein, mein Täubchen", antwortete Natascha, *„der Doktor liegt in deinem Bett und schläft."*

„Was? Bist du verrückt? Was hast du nur getan?"

Mariannes Stimme überschlug sich fast. Sie wusste, warum sie Berti nicht mir ihrer Mutter alleinlassen wollte.

„Beruhig dich, mein Täubchen", erwiderte Natascha, *„ich habe dem Schicksal nur einen kleinen Schups gegeben."*

„Und das mit viel Wodka, wie ich sehe", sagte Marianne, noch immer sichtlich erregt.

Alexander, der das mitanhörte, hielt sich an seinem Panda fest. Er hielt die Augen fest geschlossen.

„Es ist alles gut, mein Liebling", sagte Marianne und liebkoste ihren Sohn, *„Babuschka[11] hat wieder einmal einen Spaß gemacht."*

Der Blick, den Marianne ihrer Mutter dabei zuwarf, sah nicht wirklich nach einem Spaß aus; aber Alexander half es, sich zu beruhigen.

---

[11] Großmutter

„Wann wirst du endlich erwachsen, Mamutsch-ka?"

Marianne hatte sich wieder etwas beruhigt. Wohl auch, weil sie sah, dass ihre Mutter Tränen in den Augen hatte.

„Ich wollte dir doch nur helfen, Gruschenka."[12]

Diesen Namen, den Zweitnamen von Marianne, benützte Natascha äußerst selten. Sie hatte bei der Geburt darauf bestanden, dass neben dem typisch deutschen Vornamen auch ein russischer hinzukam.

Natascha hatte als Austauschstudentin in der damaligen DDR ihren späteren Ehemann, einen deutschen Studenten für das Ingenieurwesen, kennen- und lieben gelernt.

Sie heirateten und gingen nach dem Studium in die damalige Sowjetunion. Als sich Nachwuchs ankündigte, gingen sie wieder in die DDR zurück.

So kam Marianne in Ostberlin zur Welt. Als ihr Vater eine Arbeitsstelle bei einem großen Westkonzern angeboten bekam, übersiedelte die kleine Familie in die Nähe von Stuttgart.

Marianne wuchs zweisprachig auf. Als ihr Vater bei einem Betriebsunfall ums Leben kam, war sie gerade einmal 15 Jahre alt.

---

[12] Russischer Kosename = die Unbeschreibliche

Der Schicksalsschlag traf Marianne und ihre Mutter hart. Zum Glück waren sie finanziell gut abgesichert. Eine hohe Lebensversicherung und eine Betriebsrente ermöglichten den beiden ein sorgenfreies Leben.

Mariannes Medizin-Studium verlief sehr verheißungsvoll, und sie hätte sicher einen guten Abschluss gemacht, wäre da nicht ein junger Mann namens Jochen Kerner gewesen.

Sie verfiel seinem Charme und wurde schwanger. Als das Kind auf die Welt kam, brach eine Welt für Marianne zusammen. Das Kind hatte Trisomie 21.

An die Fortführung ihres Studiums war somit erst einmal nicht zu denken.

Zur großen Überraschung stand Jochen zu dem Kind. Er machte Marianne sogar einen Heiratsantrag.

Was Marianne aber nicht wusste und auch nie erfahren hatte, war die Tatsache, dass ihre Mutter Jochen mit einem Bündel Geldscheinen vor der Nase herumgewedelt hatte, um ihn auf die Idee für den Heiratsantrag zu bringen.

Die Ehe war jedoch nicht von langer Dauer. Marianne ließ sich von dem notorischen Fremdgänger, welcher der charmante Jochen nun einmal war, schon bald wieder scheiden. Hinzukam, dass er für seinen Sohn nicht das geringste Interesse zeigte.

Mariannes Mutter war ihr in der schwierigen Anfangszeit eine große Hilfe und Stütze. Und Alexander vergötterte seine Babuschka.

Daran musste Marianne gerade denken, als sie ihrer Mutter in die Augen sah.

„Das ist lieb von dir, Mamutschka, aber dass der Herr Doktor in meinem Bett liegt, das geht doch nicht…"

„Wieso nicht?", sagte Natascha, *„früher oder später landet er dort ja sowieso. Oder etwa nicht?"*

Marianne spürte die Röte in ihrem Gesicht aufsteigen.

„Spinnst du?", sagte sie, worauf Natascha erwiderte:

„Sprich nicht so mit deiner Mutter, Tochter!"

„Entschuldige Mamutschka", sagte Marianne, *„es tut mir leid."*

„Ist schon gut, mein Kind. Komm einmal her zu mir."

Natascha hatte ihre Arme ausgebreitet und Marianne ging zu ihr hin.

„Ich sehe doch, dass dich dieser Mann liebt. Ich sehe es in seinen Augen und ich höre es im Klang seiner Stimme."

„Mag schon sein, Mamutschka", sagte Marianne, „aber…"

„Nichts aber", ließ Natascha ihre Tochter erst gar nicht weiterreden, „du liebst ihn doch auch. Oder irre ich mich da?"

„Ja, ich mag ihn", antwortete Marianne, „ich mag ihn sogar sehr."

„Siehst du", sagte Natascha, „du sagst ja selber, dass du ihn magst. In Wirklichkeit liebst du ihn. Du bist nur zu feige, es dir einzugestehen."

Marianne widersprach nicht, was Natascha ein wenig überraschte.

„Du vergisst aber eines, Mamutschka."

Natascha wartete geduldig, bis Marianne fortfuhr.

„Der Herr Doktor gehört einer anderen Gesellschaftsschicht an als wir beide. Er war schließlich Direktor am Gymnasium."

Natascha musste laut lachen.

„Du bist ein Schaf, mein Kind. Dein Vater war ein hoch angesehener Ingenieur und ich stamme auch nicht aus einem schlechten Stall.

Mein Großvater, dein Urgroßvater war General unter Zar Nikolaus II und verlor sein Leben während der Oktoberrevolution.

Unsere Familie steht weit über einem Schuldirektor, merke dir das!"

Marianne bemerkte, dass sie gerade in ein Wespennest gestochen hatte.

Bitte, verzeih deiner dummen Gruschenka", sagte sie mit honigsüßer Stimme und strich ihrer Mutter dabei sanft über die Wange.

Natascha lächelte.

„Das hast du schon als Kind perfekt beherrscht, und am besten hat es bei deinem Vater funktioniert. Dass es nun auch bei zu funktionieren scheint, zeigt mir, dass ich alt und schwach geworden bin."

„Du bist nicht alt, Mamutschka", erwiderte Marianne, *„und schwach schon gar nicht. Wie sonst hättest du den armen Herrn Doktor unter den Tisch getrunken."*

Jetzt lachte Natascha aus vollem Herzen.

„Warum sagst du immer <Herr Doktor>, mein Täubchen?"

„Aus Respekt, Mamutschka", antwortete Marianne.

„Respekt, den du vor mir nicht hast", erwiderte Natascha.

Marianne ließ es unbeantwortet.

„Außer deinen gesellschaftlichen Bedenken hast du keine?"

Natascha war überrascht, dass ihre Tochter den beachtlichen Altersunterschied zwischen sich und dem Doktor nicht angeführt hatte.

„Nein", antwortete Marianne, *„genügt das nicht?"*

„Was ist mit dem Altersunterschied?", fragte Natascha vorsichtig, und die Antwort, welche von Marianne kam, überraschte sie.

„Ich glaube, dass die Seele, das Herz, die Liebe, oder wie immer man es nennen mag, an kein Alter gebunden ist. Es kommt wohl darauf an, was man vom anderen erwartet und was derjenige bereit ist, zu geben.

Ich habe schon einmal einen Menschen geliebt, ohne etwas von ihm zu erwarten. Das war falsch. Ich habe zu spät gemerkt, dass dieser Mensch nur Interesse an meinem Körper hatte, nicht aber an meiner Seele.

Durch Alexander habe ich gelernt, dass der Körper nichts ist. Die Seele, die Gefühle, die Liebe hingegen sind alles. Und Berti ist Gefühl; das spüre ich ganz deutlich."

Es war das erste Mal, dass Marianne ihn so genannt hatte.

Natascha küsste ihre Tochter.

„Ich liebe dich, Gruschenka", sagte sie, *„Gospodin[13] hat mir mit dir ein wunderbares Geschenk gemacht."*

Dann machte sie mit ihrem Daumen Natascha das Kreuzeichen auf die Stirn.

Die beiden Frauen hielten einander fest umschlungen.

Alexander hatte die ganze Zeit über mit seinem Panda die beiden Frauen beobachtet. Natascha winkte ihm zu und sagte:

„Komm her, Sonnenschein und gib deiner Mamutschka und deiner Babuschka ein Küsschen."

Alexander ging zu den beiden Frauen, seinen neuen Spielgefährten fest im Arm haltend.

Jetzt wurde geherzt und geküsst, dass jedem, der das gesehen hätte, dass Herz übergegangen wäre.

Die drei Menschen, die sich im Raum befanden, strahlten eine ungeheure Energie aus, die allen Widrigkeiten bisher getrotzt hatte, und die zu jeder Zeit von Liebe getragen war…

*****

---

[13] Bezeichnung für Herr (Gott)

Dr. Berthold Affenthaler hatte große Mühe, seine Augen zu öffnen. Der Kopf brummte heftig und er versuchte krampfhaft, seine Gedanken zu ordnen.

„Du bist in Sicherheit, Doktorchen. Du bist bei Marianne, Sascha und mir. Und weil du plötzlich sehr müde geworden bist, hast du dich ein wenig ausgeruht."

Natascha strahlte Berti liebevoll an. Sie saß auf dem Bett ihrer Tochter, während Berti die Bettdecke bis unter das Kinn gezogen hielt.

Berti sah sich um. Da erblickte er, fein zusammengefaltet, seine Hose und darüber gehängt sein Hemd.

Schlagartig wurde ihm klar, dass er lediglich seine Unterwäsche am Körper trug und seine Socken.

Die Antwort auf die Frage, wie er in das fremde Bett gekommen war, und vor allem, wer ihn da hineingelegt hatte, wollte er gar nicht wissen.

„So, jetzt ziehst du dich erst einmal an und dann kommst du zu uns. Es gibt eine Medovnik[14] und heißen Tee."

Berti wünschte sich in diesem Augenblick, er könnte einfach davonlaufen; aber er wusste, dass es kein Entrinnen aus dieser Situation gab.

---

[14] Russische Honigtorte

Als er das Wohnzimmer betrat, tat er das mit einem riesengroßen Rucksack Peinlichkeit auf seinem Buckel.

Aber da kam ihm Alexander zu Hilfe. Er rannte auf Berti zu und umarmte ihn.

„Sascha mag Sie, Doktorchen", sagte Natascha mit einem breiten Grinsen, und Mariannes Freude darüber war unübersehbar.

„Bitte, nenne unseren Gast nicht so, Mamutsch-ka!"

In Mariannes Stimme lag ein deutlicher Vorwurf.

„Wie soll ich ihn sonst nennen?", fragte Natascha in gespielter Unschuld.

„Berti oder Berthold, liebe Natascha", antwortete Berti anstelle von Marianne, *„damit würden Sie mir eine große Freude machen."*

„Aber nur unter einer Bedingung", erwiderte Natascha, *„wenn wir uns alle duzen und ein Wässerchen darauf trinken."*

„Auf gar keinen Fall", drang es heftig aus Berti, *„duzen – sehr gern; aber Wodka ganz sicher nicht."*

„Der zweite Teil war ein Scherz, Berti", erwiderte Natascha lachend, *„und du bist prompt darauf hereingefallen."*

Bertis Erleichterung war klar erkennbar. Insgeheim empfand er sogar ein wenig Bewunderung für diese Frau, die ihrem Leben eine Leichtigkeit hinzufügte, welche er zeitlebens nicht hatte.

Seine Erziehung, die man durchaus als preußisch bezeichnen könnte, sein späterer Beruf, und als Krönung eine Ehefrau, welche ihm die Luft zum Atmen nahm, hatten das nie zugelassen.

Und in diesem Augenblick befand er sich inmitten einer skurrilen Situation, die das Beste war, was ihm das Leben jemals aufgetischt hatte.

Berti blickte von der verrückten Alten, hin zu deren wunderschönen, liebenswerten Tochter und ihrem kleinen Sohn, für den Berti etwas empfand, das er nicht zu bezeichnen vermochte, weil es ihm fremd war.

Von diesem Kind ging etwas aus, was Berti im Innersten seines Herzens ergriff und ihm dieses schwer zu benennende Gefühl vermittelte.

„Wie magst du deinen Tee?"

Natascha hatte Berti aus seinen Gedanken gerissen.

„Stark oder eher schwach?"

Berti sah sich einem Problem ausgesetzt. Tee war nicht so wirklich seins.

„Vielleicht mag der Herr Berti lieber einen Kaffee."

Berti sah Marianne dankbar an. Die Freude währte jedoch nur kurz.

„Ach was", polterte Natascha, *„es schadet nicht, wenn unser lieber Berti mit der russischen Lebensweise vertraut wird, schließlich fließt in den Adern seiner Liebsten russisches Blut."*

Marianne fügte sich, wenngleich, aus ihrer Sicht, nicht allzu viel russisches Blut durch ihre Adern floss.

Es war offensichtlich, dass Babuschka Natascha die Matriarchin im Hause war.

„Ist schon in Ordnung, liebe Marianne", beschwichtigte Berti, *„ich bin schon sehr darauf gespannt, wie das funktioniert mit diesem Samowar."*

Berti war so verliebt in Marianne, dass er auch Hustensaft getrunken hätte, wenn es hätte sein sollen.

„Siehst du", triumphierte Natascha, *„Berti weiß sogar, wie dieses wunderschöne Gebilde heißt."*

Damit hatte Natascha auf einen prunkvollen Samowar gedeutet, der auf dem Tisch stand.

Jetzt pass gut auf", fuhr Natascha fort, *„ich werde dir jetzt erklären, wie man einen perfekten Tee zubereitet.*

Siehst du das kleine Kännchen obendrauf, das ist der <Tschainik>. In ihm wird eine große Menge Teeblätter mit wenig Wasser angesetzt.

Daraus entsteht ein Konzentrat, die sogenannte <Sawarka>.

Im Kessel darunter ist heißes Wasser. Das hält die Sawarka warm.

Den Tee erhält man nun, wenn man eine kleine Menge des Konzentrats mit dem heißen Wasser aus dem Samowar verdünnt.

So kann jeder selbst bestimmen, in welchem Verhältnis er Konzentrat und Wasser mischt, um so die gewünschte Stärke zu erlangen.

Das Verhältnis geht von 1:3 bis 1:10. Für dich mische ich im Verhältnis 1:6; das müsste passen.

Du kannst dann Zucker oder Honig zum Süßen nehmen; es ist beides da."

Berti hatte aufmerksam zugehört und jeden Schritt der Zubereitung verfolgt. Er konnte nicht leugnen, dass eine gewisse Faszination davon ausging.

„Manche Leute trinken den Tee aus Tassen", ergänzte Natascha ihre Ausführungen, *„aber wir verwenden den Podstakannik.*[15] *Damit verbrennt man*

---

[15] Teeglas mit einem metallenen Halter und Henkel

sich nicht die Finger, und es schaut auch viel schöner aus.

So, jetzt weißt du genug über die Zubereitung eines guten Tees. Lass ihn dir gut schmecken, und auch die köstliche Medovnik."

Mit diesen Worten legte Natascha ein ordentliches Stück der Honigtorte auf Bertis Teller.

"Das ist auch die Lieblingsorte von Alexander", sagte Marianne, während sie ihrem Sohn zärtlich über den Kopf streichelte.

Es war nicht zu übersehen. Alexander widmete sich dem Tortenstück auf seinem Teller mit äußerster Hingabe.

Berti konnte nach den ersten Bissen nicht umhin, seine Begeisterung über den feinen Geschmack der Torte zum Ausdruck zu bringen.

Eine andere Begeisterung, die er empfand, behielt er jedoch für sich. Er fühlte sich in diesem kleinen Familienverband so wohl, wie schon lange nicht mehr.

Und der Wunsch, nicht nur vorübergehend dazu zu gehören, wuchs von Augenblick zu Augenblick mehr und mehr.

*****

Die Zeit war wie im Flug vergangen und inzwischen war die Dämmerung durch die Fenster ins Innere gedrungen.

Berti bedankte sich bei Natascha für den herrlichen Nachmittag und wollte sich verabschieden, als Natascha sagte:

„Was hältst du davon, mit meiner wunderschönen Tochter einen Abendspaziergang im Park zu machen?"

Sie spielte damit auf den Park an, von welchem einer der Zugänge genau gegenüber der Wohnung lag.

Berti sah Marianne erwartungsvoll an.

„Der Herr Doktor hat sicher Besseres zu tun, als so spät noch mit mir durch den Park zu wandern."

Berti spürte deutlich die Distanziertheit von Marianne, und sie tat ihm weh.

„Vielleicht ein anderes Mal", sagte Berti, gedrungen von einem Gefühl aufsteigenden Trotzes.

„Unsinn!"

Natascha hatte ein Machtwort gesprochen.

„Es kann doch nichts Schöneres geben, als am Abend mit einer schönen Frau am Arm durch einen Park zu schlendern. Habe ich nicht recht, lieber Berti?"

Nun war Berti in Zugzwang. Es galt für ihn abzuwägen, welcher inneren Stimme er folgen sollte.

Die eine sagte: *„Wenn Marianne keine Lust hat, mit dir spazieren zu gehen, dann solltest du es lassen.“*

Die andere hingegen sagte: *„Lege dich niemals mit Natascha an!“*

Bertis Blick wanderte hilflos zu Marianne. Doch aus ihren Augen kam auf halbem Weg ebenfalls eine Hilflosigkeit entgegen.

„Ich würde mich sehr darüber freuen, mit dir einen kleinen Spaziergang zu machen. Aber natürlich nur, wenn du das möchtest.“

Marianne lächelte und nickte. Das verwirrte Berti. Hatte er die Bemerkung zuvor von Marianne etwa missdeutet?

„Na also, ihr Turteltäubchen“, rundete Natascha die Diskussion ab, *„dann ab mit euch und genießt den schönen Abend.*

Ich werde mit Sascha eine Runde Karten spielen, bis ihr wieder zurückkommt.“

*****

Es war ein herrlicher Abend. Im Park waren nur wenige Leute unterwegs.

Berti und Marianne gingen lange schweigend nebeneinander her. Als sie an eine der vielen Bänke kamen, sagte Berti:

„Wollen wir uns ein wenig setzen?"

Marianne nickte.

„Was für ein Kartenspiel spielen die beiden eigentlich?"

Berti wollte ein Gespräch beginnen, und nahm Nataschas Äußerung von zuvor als Anlass. Er hatte so viele Fragen und wollte nicht gleich mit der Tür ins Haus fallen.

„Das ist ein ganz spezielles Spiel", antwortete Marianne, *„es heißt <Russenpoker>."*

„Das habe ich noch nie gehört", erwiderte Berti.

„Natürlich nicht", sagte Marianne, *„meine Mutter nennt es nur so."*

„Und wie geht das?", fragte Berti.

Und dann erklärte Marianne das Kartenspiel, welches eine liebende Großmutter für ihren behinderten Enkel erfunden hat.

„Mamutschka mischt die Karten gewissenhaft und teilt sie dann aus.

Dann legen beide Spieler abwechselnd eine Karte offen auf den Tisch.

Derjenige, der zuerst alle seine Karten auf den Stapel gelegt hat, hat gewonnen.

Und der Sieger bekommt als Belohnung einen Kuss."

Berti hatte aufmerksam zugehört.

„Und wer gewinnt öfter?", fragte er danach.

„Alexander", antwortete Marianne. *„Mamutschka mogelt ein wenig beim Austeilen. Sie gibt Alexander fast immer ein paar Karten weniger. Ab und zu gibt sie ihm eine Karte mehr, sodass sie knapp gewinnt."*

Berti berührte diese Geschichte sehr.

„Das ist ein tolles Spiel. Und deine Mutter ist eine wunderbare Babuschka", sagte er zu Marianne und sah ihr dabei tief in die Augen.

„Warum sagst du immer wieder <Herr Doktor> und <Sie> zu mir? Ist dir meine Gegenwart unangenehm?"

Berti hatte allen Mut zusammennehmen müssen, um Marianne diese Frage zu stellen.

„*Überhaupt nicht*", antwortete Marianne augenblicklich, „*ganz im Gegenteil.*"

Jetzt verstand Berti überhaupt nichts mehr.

„*Wie soll ich das verstehen?*", fragte er weiter.

Marianne suchte nach einer passenden Erklärung, während Berti ungeduldig darauf wartete.

Endlich sagte sie:

„*Ich komme mir respektlos Ihnen gegenüber vor, wenn ich DU zu Ihnen sage.*"

Bertis Verwirrung wuchs. Er bemühte sich, einen Sinn hinter Mariannes Worten zu finden; aber ohne Ergebnis.

„*Es kann doch nicht respektlos sein, sich zu duzen, wenn man sich mag. Oder irre ich mich da?*"

Berti hatte gerade noch die Kurve gekriegt, um nicht das Wort „lieben" anstelle von „mag" zu verwenden.

Denn dass er diese Frau so sehr liebte, dass er es in diesem Augenblick am Liebsten laut in den Park hineingerufen hätte, stand außer Zweifel.

Marianne fühlte sich in die Enge getrieben.

„*Mir ist ein wenig kalt. Können wir bitte wieder zurückgehen?*"

Der Rückweg verlief schweigend, während Berti krampfhaft überlegte, was er wohl falsch gemacht haben könnte.

Als sie vor dem Haus angekommen waren, reichte Marianne Berti die Hand zum Abschied.

„Es war ein wunderbarer Nachmittag. Ich danke Ihnen sehr, Berti. Kommen Sie gut nach Hause und seien Sie mir bitte nicht böse."

Berti stand da wie versteinert. Er blickte Marianne mit traurigen Augen nach.

Als Marianne schon fast bei der Haustür angelangt war, drehte sie sich plötzlich um und kam wieder zurück. Sie gab Berti einen Kuss auf die Wange und sagte:

„Ich habe Sie gern, Berti. Sehr sogar."

Danach ging sie schnellen Schrittes zum Haus zurück und war kurz darauf verschwunden.

Berti stand noch immer regungslos da und verstand die Welt nicht mehr.

*****

Wenige Tage später kam Berti ins „Herold", um zu frühstücken. Und zu seiner großen Überraschung traf er dort Marianne an.

Marianne war an Bertis Tisch getreten.

„Frühstück wie immer, Herr Doktor?"

Berti riss seine Augen weit auf. War das wirklich Marianne oder eine Doppelgängerin?

Hatte er das alles nur geträumt und befand sich gerade in einem Realitätsverlust?

War der Nachmittag bei Mariannes Mutter lediglich ein Wunschtraum?

„Ein koffeinfreier Kaffee und ein Croissant. Kommt sofort, Herr Doktor."

Marianne hatte die Beantwortung ihrer Frage für den Gast übernommen und hatte sich von dessen Tisch wieder entfernt.

An ihrer Stelle erschien jetzt Anna, die Senior-Chefin des „Herold" und setzte sich nieder.

„Grüß dich, Berti. Wie geht es dir? Schön, dass du dich wieder einmal blicken lässt."

Berti gab keine Antwort. Er war einfach nicht imstande dazu.

Anna sah ihn erwartungsvoll an, gab aber schließlich auf.

„Heut Abend, 18:30 hier bei mir. Und wehe, du kommst nicht."

Anna stand auf und ließ Berti wieder allein.

Kurz danach legte Berti einen Geldschein auf den Tisch, welcher dem Gegenwert der Bestellung entsprach, die er noch nicht einmal selber in Auftrag gegeben hatte, und verließ das „Herold."

*****

Kurz bevor das „Herold" schloss, betrat Berti erneut das Lokal.

Anna saß schon, wie die Spinne im Netz, an einem Tisch und erwartete ihren Freund.

Auf dem Tisch standen eine Flasche Grauburgunder, zwei Gläser und mehrere, fertig geschmierte Butterbrezeln.

„Setz dich, mein Lieber", begrüßte Anna Berti freudig, *„ich hatte Zweifel, ob du wirklich kommen würdest."*

Berti musste lächeln. *„Vielleicht wäre Anna doch die bessere Wahl"*, ging es ihm durch den Sinn, als er für einen kurzen Augenblick an Marianne denken musste.

„Gieß uns ein und lass uns erst einmal einen Schluck trinken."

Berti goss ein und erhob sein Glas.

„Auf dich, du wunderbare Freundin!"

„Auf die Liebe!", erwiderte Anna.

Berti zögerte. Anna hatte ihr Glas schon zum Mund geführt, als Berti sagte:

„Ich weiß nicht so recht..."

Anna stellte ihr Glas abrupt auf den Tisch. Sie sah Berti mit strengem Blick an.

„Was soll das bedeuten?"

Berti stellte sein Glas ebenfalls auf den Tisch.

„Ich weiß ja nicht, ob du die Mutter von Marianne kennst", begann Berti, der überrascht war, als er Annas Antwort hörte.

„Natürlich kenne ich Mariannes Mutter. Natascha ist eine meiner Bridge-Partnerinnen."

Berti sah Anna entgeistert an.

„Was? Du kennst dieses Monster?"

„Sachte, sachte, Herr Doktor", antwortete Anna, *„du bist gerade im Begriff, meine beste Freundin zu beleidigen."*

Berti war sprachlos. Das hatte er zuletzt erwartet.

„Warum nennst du Natascha ein Monster?"

„Weil sie mich mit Wodka willenlos gemacht hat", antwortete Berti, *„und dann hat sie mich auch noch ausgezogen und in Mariannes Bett gelegt."*

Als Anna das hörte, begann sie schallend zu lachen.

„Das ist typisch Natascha", sagte sie, als sie sich wieder etwas beruhigt hatte.

„Und habt ihr...?"

Das war zu viel für Berti. Er sprang auf und wollte das Lokal verlassen.

„Setz dich wieder hin", sagte Anna, *„das war ein Scherz. Du bist viel zu alt für Natascha. Sie mag nur junge Männer."*

Berti setzte sich wieder. Er wusste gerade nicht, was er glauben sollte. Andererseits war dieser russischen Naturgewalt alles zuzutrauen.

„Ich verstehe nur nicht, dass Marianne das zugelassen hat", sagte Anna.

„*Das konnte sie nicht*", erwiderte Berti, „*denn sie war ja gar nicht dabei.*"

Das verstand Anna nicht. Sie schaute Berti an, der nach dem Glas gegriffen hatte, um einen kräftigen Schluck zu trinken.

„*Herrgott! Lass dir doch nicht alles aus der Nase ziehen.*"

Und dann begann Berti seiner Freundin einen detaillierten Bericht über sein persönliches Waterloo zu geben.

Er endete mit der Bemerkung:

„*Es war von Anfang an eine Schnapsidee, zu glauben, dass eine junge, wunderschöne Frau wie Marianne sich mit einem alten Zausel wie mir abgeben würde.*"

„*Bist du jetzt fertig mit deinem Selbstmitleid?*"

Berti antwortete nicht. Er griff nach einer Butterbrezel und biss kräftig hinein.

„*Das ist gut, dass du das machst*", sagte Anna, „*so hältst du wenigstens deinen Mund und kannst mir zuhören.*

Du hast ja nicht die geringste Ahnung, was in Marianne vorgeht.

Natascha hat mir die ganze Geschichte erzählt.

Marianne ist ein gebranntes Kind.

Der größte Wunsch ihrer Mutter war und ist noch immer, dass Marianne einen Menschen finden könnte, der für sie ein adäquater Partner wäre und für den kleinen Alexander eine wichtige, männliche Bezugsperson, ja vielleicht sogar ein guter Vater.

Es gab einige Bewerber, wenn man das so nennen mag; aber die waren alle nicht gut.

Ihr Interesse galt stets nur der Mutter; aber nicht ihrem Kind.

Und dann war da plötzlich ein Mann, welcher ein echtes Gefühl für Marianne zeigte, und der, was fast noch wichtiger ist, Natascha gefiel.

Sie hat mir erzählt, dass zwischen Dir und Alexander auf Anhieb Sympathie vorhanden war, und das hat Natascha mehr als glücklich gemacht.

Sie hat mich noch am selben Abend angerufen und mir ganz aufgeregt von eurer Begegnung erzählt.

Und dass sie dich mit Wodka eingeweicht hat, das war Kalkül. So konnte sie mit dir ein Gespräch führen, nachdem deine Zunge etwas gelockert worden war."

„Ist das wirklich wahr?"

Berti schob einen Teil der Butterbrezel in seinem Mund von einer Seite zur anderen. Er überlegte.

„Und was habe ich mit Natascha so alles besprochen?", fragte er vorsichtig.

„Das musst doch selbst am besten wissen", antwortete Anna.

„Eben nicht", antwortete Berti verzweifelt, „ich kann mich an dieses Gespräch überhaupt nicht erinnern."

„Du liebe Güte", sagte Anna, „wie viele Wodkas hast du denn getrunken?"

„Das wird in Gramm bemessen, teure Freundin", antwortete Berti, „und ich schätze, bei mir war es ein halbes Kilo."

Anna musste lachen. Sie stellte sich gerade die Situation vor, welcher Berti hilflos ausgeliefert gewesen sein musste.

„Und dann seid ihr in den Park gegangen", sagte Anna, „was ist dort passiert?"

„Das weißt du auch?", fragte Berti, worauf Anna antwortete:

„Natürlich weiß ich das. Gute Freundinnen haben keine Geheimnisse voreinander."

„Dann weißt du ja, was passiert ist", sagte Berti.

„Nein, das weiß ich nicht. Deshalb möchte ich das von dir erfahren."

Berti zögerte. Er musste daran denken, wie ernüchternd das kurze Gespräch im Park zwischen Marianne und ihm verlaufen war.

Anna sah, dass Berti nicht darüber reden wollte.

„Und?", fragte sie, „hast du ihr deine Liebe gestanden?"

„Was soll das heißen – gestanden?", erwiderte Berti trotzig, „ich war ja kein Angeklagter bei Gericht. Warum hätte ich dann etwas gestehen sollen?"

„Ach Berti, du bist ein hoffnungsloser Fall", sagte Anna und legte ihre Hand auf Bertis Arm.

„Warum hast du ihr nicht gesagt, was du für sie empfindest?"

„Habe ich ja", antwortete Berti, „ich habe ihr gesagt, dass ich sie mag."

„Du hast Marianne gesagt, dass du sie magst", wiederholte Anna Bertis Worte.

„Ja", erwiderte Berti, „das habe ich dir doch gerade gesagt."

„Oh, mein Gott."

„Was ist jetzt schon wieder?", sagte Berti gereizt.

„Nur zum besseren Verständnis", machte Anna einen weiteren Versuch.

„Du hast zu Marianne gesagt, dass du sie magst, und nicht, dass du sie liebst. "

„Kreuzdonnerwetter, Anna! Was soll das? "

Berti war dabei, sich in Rage zu reden.

„Was ist das für ein Unterschied, ob man jemand mag oder ihn liebhat? "

„Ein ganz gewaltiger, du gottverdammter Esel.

Man hat ein Kind lieb und man mag Schokolade oder Grauburgunder; aber keinesfalls eine Frau. Eine Frau liebt man. Hörst du? Eine Frau liebt man, man mag sie nicht und man hat sie auch nicht lieb. Begreifst du den Unterschied oder bist du schlichtweg zu blöde dazu?

Ich glaube es nicht. Ein erwachsener Mann, studiert, erfolgreich im Beruf, bis über beide Ohren verliebt, weiß nicht, wie man sich einer Frau erklärt. "

„Aber beim Abschied hat sie mir gesagt, dass sie mich mag, und sie hat mir einen Kuss auf die Wange gegeben... "

Anna schlug die Hände vor das Gesicht und sagte:

Ich glaube, ich verliere meinen Verstand... "

*****

Anna hatte Natascha um ein Treffen gebeten. Die beiden Frauen kannten sich schon lange, und man kann sagen, sie waren Freundinnen.

Außerdem trafen sie sich einmal in der Woche beim Bridge mit zwei weiteren Damen. Die eine hieß Emma Neuner und war die Ehefrau von „Möbel-Hugo", dem Inhaber eines alteingesessenen Unternehmens, und die andere war Christiane Wetterauer, Ehefrau vom Weinhändler Franz Wetterauer.

Natascha hatte sofort richtig vermutete, dass es um Marianne und Berti ging, als sie von Anna angerufen wurde.

„Warum treffen wir uns nicht bei dir im „Herold?", fragte Natascha, *„oder bei mir zu Hause?"*

„Weil ich sichergehen wollte, dass uns keiner stört", antwortete Anna.

„Also planen wir die Revolution, Towarischtsch Herold", sagte Natascha, und der Gesichtsausdruck, den sie dabei machte, hätte durchaus vermuten lassen können, dass es ihr Ernst damit war.

„Du bist und bleibst ein verrücktes Huhn", erwiderte Anna und umarmte die Freundin.

„Es geht also um Romeo und Julia", sagte Natascha, *„zwei erwachsene Menschen, die sich das Leben unnötig schwer machen."*

„Ich bin sehr froh, dass du gekommen bist", gab Anna zur Antwort, *„es muss doch eine Lösung geben; meinst du nicht auch?"*

„Schwierig, schwierig", sinnierte Natascha; *„sogar äußerst schwierig..."*

„Liegt dieses Theatralische allen Russen im Blut oder nur dir?", ätzte Anna, die Nataschas Art in- und auswendig kannte, und die sich jedes Mal darüber erheiterte.

„Das saugen wir schon mit der Muttermilch ein, Anna Karenina[16]", erwiderte Natascha, die großen Gefallen daran fand, diesen Namen zu verwenden.

Natascha war eine glühende Verehrerin von Lew Tolstoi, und sie besaß alle Bücher von ihm. Sie bewunderte ihn und sie betrachtete ihn als einen echten Kerl, hatte er doch 13 Kinder gezeugt.

Nachdem die beiden Frauen ihre Bestellung aufgegeben hatten – Anna einen Kaffee und Natascha einen Kaffee mit einem doppelten Cognac – begann eine rege Unterhaltung.

Doch zuvor brachte Natascha ihren Unmut darüber zum Ausdruck, dass es in der Lokalität, in welcher sie sich befanden, keinen Wodka gab, und dass die Deutschen keinen gescheiten Tee zubereiten können.

---

[16] Roman von Lew Tolstoi

Anna gab ihrer Freundin recht, zumal sie kein Interesse daran hatte, sich auf eine unsinnige Diskussion mit Natascha einzulassen.

„Wie lange kennst du eigentlich das Doktorchen schon?"

Natascha begann ein Gespräch, das von beiden gewünscht war, und welches den Sand aus dem Getriebe nehmen sollte, der sich zweifelsohne bei Marianne und Berti dort angesiedelt hatte.

Anna störte sich nicht an der Bezeichnung „Doktorchen" für Berti. Dazu kannte sie Natascha und ihre – für Außenstehende – flapsig anmutende Art einfach viel zu lange.

„Wir kennen uns schon seit der Schulzeit", antwortete Anna, *„und das ist schon verdammt lange her.*

Berti ging in meine Parallelklasse, und er hatte durchaus Augen für mich."

Natascha lächelte.

„Ich kann mir gut vorstellen, dass du damals ein heißer Feger warst", sagte Natascha, worauf Anna erwiderte:

„Was heißt denn <warst>?"

Jetzt mussten beide Frauen lachen.

„Haben die Damen noch einen Wunsch?"

Die Bedienung in Form einer sehr jungen Frau war an den Tisch getreten.

„Haben Sie einen guten Sekt?", fragte Anna.

„Da muss ich erst nachfragen", gab die junge Frau zur Antwort.

„Ach was", mischte sich Natascha ein, *„bring uns einfach eine Flasche und zwei Gläser."*

Die Tatsache, dass Natascha die Bedienung mit DU angesprochen hatte, löste bei ihr eine gewisse Verwirrung aus.

„Soll ich nicht doch erst fragen?", kam es zögerlich aus ihrem viel zu grell geschminkten Mund.

„Nein, Mädchen", erwiderte Natascha sehr bestimmt, *„bring einfach, was ich dir gesagt habe. Das kann ja wohl nicht zu schwer sein."*

Anna missbilligte die Art, wie Natascha das arme Ding immer mehr verunsicherte.

Sie sah das Mädchen mit einem liebevollen Blick an und sagte:

„Meine Freundin meint das nicht so; sie macht nur einen Spaß. Es ist alles gut."

Das Mädchen lächelte dankbar zurück und entfernte sich.

„*Warum tust du das?*", fragte Anna in vorwurfs-vollen Ton. „*Das Mädchen hat dir doch nichts getan.*"

„*Tut mir leid*", antwortete Natascha, „*ich weiß auch nicht. Wahrscheinlich stehen meine Sterne gerade nicht gut.*"

Nataschas Augenaufschlag und ihre samtene, dunkle Stimme hatten ihren Zweck erfüllt. Anna schüttelte nur ihren Kopf noch ein wenig und beließ es dabei.

Als die Bedienung mit einem Sektkübel, samt Inhalt und zwei Gläsern zurückkam, wurde sie von Natascha mit den Worten überrascht:

„*Sie machen das prima, junge Dame. Und das von vorhin vergessen wir ganz schnell. Einverstanden?*"

Und bevor das Mädchen darauf antworten konnte, streckte Natascha ihr einen Geldschein entgegen.

Das Mädchen zierte sich zunächst, nahm dann aber das Geld doch entgegen, nachdem Natascha augen-zwinkernd gesagt hatte:

„*Nehmen Sie es schnell, bevor ich es mir anders überlege.*"

Das Mädchen lachte und bedankte sich.

„*Aus dir werde ich wohl nie so richtig schlau*", sagte Anna, und Natascha erwiderte:

„Das ist auch nicht erwünscht von mir. Der Hauch von Geheimnis, der mich umweht, macht mich interessant. Und das ist gut so."

Anna goss die Gläser ein und dann prosteten sich die beiden Frauen zu.

„Wo waren wir stehen geblieben?", brachte Natascha die Unterhaltung wieder in Gang, und Anna antwortete:

„Bei dem heißen Feger namens Anna."

„Und hattet ihr was miteinander?"

„Berti und ich?", erwiderte Anna, und es klang fast so, als wäre die Frage an sich schon eine Ungeheuerlichkeit.

„Wo denkst du hin", antwortete Anna. „Wir waren völlig gegensätzlich; wie Feuer und Eis."

„Ich nehme an, du warst das Feuer", sagte Natascha, „und das Doktorchen schmolz in deiner Nähe dahin."

„Das ging nicht", antwortete Anna.

„Und warum nicht?", fragte Natascha.

„Weil es keine Nähe zwischen uns gab. Berti war viel zu schüchtern."

„Das hätte ich nicht gedacht", sagte Natascha überrascht. „Wir sind uns nur einmal begegnet; aber ich hatte nicht den Eindruck, dass er schüchtern wäre."

„Ist er auch nicht", erwiderte Anna, „es ist keine Schüchternheit bei ihm, ich sehe es mehr als vornehme Zurückhaltung."

„Quatsch", sagte Natascha, „das ist doch ein und dasselbe."

„Oh, nein", erwiderte Anna, „aber wie sollst du das verstehen, du sibirisches Eichhörnchen."

Diese Bezeichnung für ihre Freundin war Anna irgendwann einmal herausgerutscht, als sie, im Verlaufe einer hitzigen Diskussion, keinen Ausweg mehr wusste.

„Und aus welchem Grund denkst du, dass das Doktorchen mit seiner vornehmen Zurückhaltung gut für meine Gruschenka sein könnte?"

Annas Geduld wurde gerade einer harten Prüfung unterzogen.

„Wenn wir uns weiter unterhalten sollen, dann hör endlich mit diesem albernen <Doktorchen> auf; sonst beenden wir das Ganze augenblicklich."

Natascha kannte Anna viel zu gut, als dass sie die Ernsthaftigkeit des Gesagten angezweifelt hätte.

„*Ist ja gut, mein Schatz*", sagte Natascha, und der Blick in ihren schwarzen Augen bat in aller Demut gerade um Verzeihung.

„*Wir wollen doch beide dasselbe*", fuhr sie fort, „*ich möchte dich auch nicht verärgern; Ehrenwort!*"

Natascha hob Zeige- und Mittelfinger ihrer rechten Hand in die Höhe, um ihr Versprechen zu bekräftigen, und Anna musste lachen, obwohl sie das gar nicht wollte.

„*Du bist ein schreckliches Weib, Natascha*", sagte Anna.

„*Nastrovje!*"[17]

Natascha hatte ihr Glas erhoben und Anna entgegengestreckt. Damit war für sie die Angelegenheit erledigt.

„*Also wie ist das jetzt mit dem…*"

Natascha konnte das „Doktorchen" gerade noch zurückhalten.

„*Du weißt schon*", sagte sie, denn der Name, den sie suchte, wollte ihr partout nicht einfallen.

„*Berti*", half Anna ihr aus, „*der Mann heißt Berti.*"

---

[17] Ein Prosit auf die Freundschaft!

„Was meinst du?", fragte Anna.

„Naja", wand sich Natascha weiterzureden, was Anna erstaunte, war ihre Freundin doch sonst eine Frau der umschweiflosen Rede.

„Ist dein Berti ein guter Liebhaber?", fuhr Natascha schließlich fort und schaute Anna erwartungsvoll an.

„Also erstens ist das nicht mein Berti, und zweitens kenne ich die von dir angeführte Fähigkeit, Berti betreffend, nicht, da ich ja nie das Vergnügen hatte."

Annas Ton, den sie bei ihrer Antwort angeschlagen hatte, entbehrte nicht einer gewissen Schärfe. Sie hatte es noch nie leiden können, einen Menschen danach zu taxieren, über welche sexuellen Fähigkeiten er verfügt.

„Ist das alles, was dich an einem Mann interessiert?", schob Anna aufgebracht hinterher.

„Natürlich nicht", versuchte Natascha zu beschwichtigen, *„aber ganz unwichtig ist es nicht. Oder?"*

Anna ließ die Worte von Natascha unkommentiert. Sie sagte stattdessen:

„Berti ist der liebenswerteste, anständigste Mann, den ich kenne. Er wäre für Marianne ein liebender Ehemann und für Alexander ein guter Kamerad, und irgendwann einmal vielleicht ein guter Vater.

Das ist viel mehr, als über die Fähigkeiten eines Zuchthengstes zu verfügen. Meinst du nicht auch? "

Damit hatte Anna den Ball an Natascha zurückgespielt.

„Bist du jetzt böse auf mich? ", fragte Natascha und ihre Lippen formten sich zu einem Schmollmund.

„Nein ", antwortete Anna barsch.

„Bist du doch, mein Schatz; bist du doch. Du kannst es ruhig zugeben ", sagte Natascha.

„Lass mich in ruh, du sibirisches Eichhörnchen. "

Man hätte meinen können, es handle sich um zwei Mädchen im Kindergartenalter und nicht um zwei Damen im fortgeschrittenen Alter.

„Ach Natascha ", sagte Anna, *„manchmal wünschte ich mir deine Leichtigkeit. Ich habe das Gefühl, es gibt nichts auf der Welt, was du wirklich ernst nimmst. "*

Natascha legte ihre Hand auf Annas Arm.

„Da irrst du dich gewaltig ", sagte sie und ihre Fröhlichkeit war mit einem Schlag wie weggewischt.

*****

Marianne schwenkte den Brief hin und her, den sie gerade bekommen hatte.

„Ich habe etwas gewonnen", sagte sie völlig aufgeregt, *„es ist das erste Mal, dass ich etwas gewonnen habe."*

„Was hast du denn gewonnen, mein Täubchen?", fragte Natascha, ohne ihren Blick von dem Buch abzuwenden, welches sie gerade las.

„Eine Reise, Mamutschka, ein verlängertes Wohlfühlwochenende in einem feinen Hotel", antwortete Marianne.

„So, so..."

Marianne war sichtlich enttäuscht über das offenbar mangelnde Interesse ihrer Mutter.

„Freust du dich denn gar nicht mit mir, Mamutschka?"

„Das ist doch sicher wieder so ein Werbetrick", erwiderte Natascha, *„am besten, du wirfst es gleich in den Papierkorb."*

Marianne ging zu Natascha und hielt ihr den Brief direkt vor das Gesicht.

„Reisebüro Liebermann in der Fischergasse", sagte sie triumphierend, *„die wirst du ja wohl kennen."*

„Sachte, sachte, junge Dame", erwiderte Natascha und nahm das Schreiben in die Hand.

Und da stand tatsächlich geschrieben:

„Sie haben per Zufallsgenerator einen 5-tägigen Aufenthalt in einem 4-Sterne Hotel gewonnen. Sie werden dort nicht nur lukullisch verwöhnt, Sie können auch unsere Spa-Landschaft genießen.

Bitte, kommen Sie in den nächsten Tagen bei uns vorbei und bringen Sie diesen Brief und Ihren Personalausweis mit, damit wir die Einzelheiten mit Ihnen besprechen können.

Wir freuen uns auf Ihren Besuch und verbleiben mit freundlichen Grüßen.

Reisebüro Liebermann – Ihr Spezialist für den perfekten Urlaub."

Mariannes Wangen glühten förmlich, als sie Natascha das Schreiben vorlesen hörte.

„Das scheint tatsächlich echt zu sein", sagte Natascha, welcher das Reisebüro nicht unbekannt war. Sie hatte früher selbst immer wieder gerne dort ihren Urlaub gebucht.

Aber seit der Geburt von Alexander war sie kaum noch dazu zu bewegen, ihre Koffer zu packen und irgendwo hinzufliegen.

„Das ist nur für eine Person", sagte Marianne ein wenig traurig, „das hat keinen Sinn für mich."

„Was redest du da, Gruschenka?", erwiderte Natascha, „du wirst diesen Gutschein auf jeden Fall einlösen."

„Und was mache ich mit Alexander?", fragte Marianne.

„Das ist überhaupt kein Problem", antwortete Natascha, „oder traust du mir nicht zu, auf meinen Sonnenschein aufzupassen?"

„Doch, doch", erwiderte Marianne rasch, denn der vorwurfsvolle Blick von Natascha hatte seine Wirkung nicht verfehlt.

„Aber was mache ich dort, so ganz allein?"

Marianne startete einen weiteren Versuch, das Angebot abzulehnen.

„Du wirst viel schlafen und dich verwöhnen lassen", lockte Natascha mit süßen Worten, „und wer weiß? Vielleicht lernst du ja einen netten Mann kennen."

„Ach Mamutschka, wer will schon eine Frau mit einem behinderten Kind?"

Es schwang viel Resignation und auch ein wenig Wehmut in Mariannes Worten mit.

Natascha war schon geneigt, Berti ins Spiel zu bringen, unterließ es aber, zumal die erste Begegnung der beiden wenig verheißungsvoll verlaufen war.

„Du gehst jetzt erst einmal zu diesem Reisebüro und schaust dir alles an", sagte Natascha, *„und danach sehen wir weiter."*

*****

„Das ist eine Schnapsidee, Anna. Das hättet ihr nicht tun sollen."

Anna saß nach Geschäftsschluss mit Berti im "Herold" und erklärte ihm, was sie mit Natascha ausgeheckt hatte.

Wovon Berti ja überhaupt keine Ahnung hatte, war das Komplott, welches die beiden Frauen geschmiedet hatten, um die Aktion „Amors Pfeil" in die Gänge zu bringen.

Diesen verrückten Namen hatte Natascha erfunden, weil sie der Meinung war, dass ein solcher Name unbedingt dazugehörte.

„Jetzt halte einmal die Füße still, Berti", erwiderte Anna, um den aufgebrachten Freund zu beruhigen.

„Nachdem du die Angelegenheit offenkundig an die Wand gefahren hast, haben Natascha und ich beschlossen, etwas zu unternehmen."

„Hörst du dir überhaupt zu, was du da sagst?"

Berti geriet in Fahrt.

„Du bezeichnest die Gefühle zweier Menschen als eine <Angelegenheit>. Und dann noch deine postpubertäre Ausdrucksweise <an die Wand gefahren>..."

Jetzt war Anna an der Reihe. Sie polterte los:

„Du aufgeblasener, intellektueller Hornochse. Du bist zu mir gekommen wie ein kleines Kind, das hingefallen ist und ein Pflaster will. Und als ich dir ein Pflaster geben will, gefällt dir offenbar die Farbe nicht."

Berti starrte Anna fassungslos an. So hatte er Anna noch nie zuvor erlebt,

„Ich schlage vor, wir beruhigen uns erst einmal, und dann reden wir wie zwei erwachsene Menschen miteinander."

Anna konnte nicht umhin zu grinsen. Das war der Text, den sie jetzt eigentlich gleich hätte vorbringen wollen.

„Grauburgunder?", sagte sie stattdessen, und Berti antwortete:

„Grauburgunder. Und vielleicht noch eine Butterbrezel dazu."

*****

Als Anna und Berti sich trennten, geschah das sehr spät und friedvoll. Die Aktion „Amors Pfeil" war in aller Ruhe und mit großer Sachlichkeit ausdiskutiert worden, und das Ergebnis war zufriedenstellend.

Der Plan sah vor, dass Berti bei der gebuchten Location zufällig auf Anna treffen sollte.

Und da man sich während der gemeinsamen Tage im Hotel nicht ständig aus dem Weg gehen konnte, würde man sich bestimmt näherkommen.

Soweit die Theorie.

Sollte die Aktion von Erfolg gekrönt sein, so würden die beiden Verschwörerinnen Berti die Rechnung für Mariannes Aufenthalt im Nachhinein präsentieren, denn billig war das Arrangement nicht.

Ob es die guten Argumente waren, welche Anna an diesem Abend vorgebracht hatte oder der Konsum einer größeren Menge Grauburgunder, wird sich wohl nie erschließen.

Aber ganz egal. Hauptsache die Sache kam ins Rollen.

*****

Es geschah genauso, wie es Natascha gesagt hatte.

Das Reisebüro Liebermann in der Fischergasse kontaktierte Marianne wenige Tage später und bat darum, die Gewinnerin möge doch bitte vorbeikommen.

Marianne kam der Aufforderung nach und begab sich, bewaffnet mit dem Gewinnschreiben und ihrem Personalausweis zu dem Reisebüro.

Ein gewisser Herr Köstner, ein langjähriger und versierter Mitarbeiter des Reisebüros empfing Marianne und tischte ihr ein Glas Mineralwasser auf. Den angebotenen Kaffee, Tee oder Fruchtsaft lehnte Marianne ab.

„Ich freue mich, dass Sie die Gewinnerin sind", sagte Herr Köstner mit strahlendem Gesicht, *„zumal Ihre verehrte Frau Mutter früher öfter mit uns verreist ist."*

Marianne stutzte. Argwohn stieg in ihr auf.

„Woher wissen Sie, dass Natascha meine Mutter ist? Sie heißt ja nicht Thies so wie ich."

Das war der Augenblick, wo Eberhard Liebermann, der Chef und Besitzer des Reisebüros rettend eingriff.

Mit ihm hatte Natascha auch dieses Arrangement getroffen. Er ging rasch zum Schreibtisch seines Kollegen und streckte Marianne die Hand entgegen.

„Grüß Gott, Frau Thies. Darf ich Ihnen zu Ihrem Gewinn gratulieren?"

Bevor Marianne antworten konnte, fuhr Herr Liebermann fort:

„Ihre verehrte Frau Mama hat mich angerufen, um die Echtheit unseres Schreibens zu überprüfen. Wir kennen uns ja schon eine geraume Weile.

Darf ich Sie bei dieser Gelegenheit fragen, wie es Ihrer Frau Mama geht. Das Gespräch mit ihr war ja leider nur von kurzer Dauer."

„Danke, dass Sie fragen, Herr Liebermann", antwortete Marianne, „meiner Mutter geht es recht gut."

„Das freut mich, Frau Thies", erwiderte Herr Liebermann, „bitte, grüßen Sie sie recht lieb von mir."

Marianne nickte nur. Ihre Bedenken begannen sich ein wenig zu zerstreuen; ganz auflösen wollten sie sich jedoch nicht.

„Dann darf ich Ihnen jetzt die Details erklären", sagte Herr Köstner, dem bewusst geworden war, dass er gerade einen gewaltigen Fauxpas begangen hatte, und der sicher sein konnte, dass ein gewaltiges Donnerwetter auf ihn zukommen würde.

*****

Das „Kuckucksnest" war ein Name, der nicht wirklich zu dem Gebäude passte, handelte es sich doch um einen mächtigen Bau, der schon von Weitem zu sehen war.

Das Hotel lag auf einer Anhöhe, und vielleicht verdankte es diesem Umstand auch seinen Namen.

Marianne hatte bis zum Schluss gezögert, ob sie die Reise antreten sollte, und es bedurfte massiver Überzeugungsarbeit, bis sie schließlich eingewilligt hatte.

Die Frau an der Rezeption begrüßte Marianne sehr herzlich und überreichte ihr das Anmeldeformular mit den Worten, Marianne möge es ausfüllen und später vorbeibringen.

Danach wies sie einen jungen Mann an, der in unmittelbarer Nähe stand, er möge den Gast zu seinem Zimmer begleiten.

Marianne und der Hotelangestellte stiegen in den Lift und dann fuhren sie hinauf in den vierten Stock, wo sich Mariannes zu Hause für die kommenden Tage befand.

Nachdem der junge Mann die Tür mit der Chipkarte geöffnet hatte und Marianne ihm ins Innere gefolgt war, erlebte sie eine Überraschung.

Das, was sie sah, war weit mehr als ein Zimmer. Ein übergroßer Raum mit Doppelbett, Schreibtisch,

Couch, Sesseln und jede Menge Unterhaltungselektronik.

Der Knüller war jedoch das Badezimmer mit seinem Whirlpool. Und zusätzlich waren da noch eine Dusche und eine Badewanne.

So viel Luxus in nur einem Raum; Marianne war völlig aufgeregt.

Sie fragte den jungen Mann, ob vielleicht eine Verwechslung vorliegen könnte, was dieser aber mit den Worten *„Nein, gnädige Frau, das ist Ihr Zimmer"* verneinte.

Eine Tür erweckte Mariannes Aufmerksamkeit, von welcher der junge Mann vergessen hatte, zu erwähnen, was sich dahinter befinden würde.

„Wohin führt diese Tür?", fragte Marianne vorsichtig, und der junge Mann antwortete:

„Das ist eine Verbindungstür zu einem anderen Zimmer. Es dient als Schlafzimmer für Kinder, wenn Gäste mit Kindern dieses Arrangement gebucht haben.

Da Sie jedoch allein reisend sind, ist die Tür verschlossen."

Der junge Mann wies noch auf den Balkon hin, auf welchen man über eine Schiebe-Glastür gelangte und reichte danach Marianne die Chipkarte, verbunden mit dem Wunsch für einen angenehmen Aufenthalt.

Dann war Marianne allein. Ihr fiel auf, dass sie in der Aufregung vergessen hatte, dem jungen Mann ein Trinkgeld zu geben, und sie beschloss, es später nachzuholen.

Nachdem sie ihr neues Zuhause gründlich inspiziert hatte, begann sie ihren Koffer auszupacken.

Da klopfte es an der Tür. Marianne öffnete und vor ihr stand der junge Mann von vorhin mit einem Geschenkkorb voller Köstlichkeiten.

„Ein kleiner Willkommensgruß des Hauses", sagte er und trug den Korb an Marianne vorbei ins Zimmer. Er setzte ihn auf dem Tisch ab und wollte wieder gehen, als Marianne ihn aufhielt.

„Warten Sie", sagte Marianne und holte ihre Geldbörse. Sie entnahm ihm ein paar Münzen und hielt sie dem jungen Mann entgegen.

„Das ist für Sie, und richten Sie der Hotelleitung meinen Dank aus."

Der junge Mann bedankte sich und verließ, nach einer kurzen Verbeugung, den Raum.

Marianne begann sofort das Präsent zu begutachten und gab sich dem plötzlich aufkommenden, wohligen Gefühl mit großer Freude hin.

Sie begann es zu genießen, dass sie, nach vielen Jahren der Entbehrung, endlich einmal Zeit nur für sich selbst hatte, und sie empfand überhaupt kein schlechtes Gewissen dabei.

Das Telefon läutete, es war die Rezeption.

„Hallo, Frau Thies. Wir haben für Sie einen Termin bei der Kosmetikerin und einen bei unserem Masseur gebucht. Würde Ihnen 16:00 Uhr passen? Das wäre vor dem Abendessen."

„Da muss ein Irrtum vorliegen", antwortete Marianne, *„ich habe das nicht bestellt."*

„Nein, nein, gnädige Frau", erwiderte die freundliche Rezeptionistin, *„das geht schon in Ordnung. Das gehört alles zu dem Arrangement, welches Sie gewonnen haben."*

Marianne wurde schwindelig.

„Also gut", sagte sie, *„die Massage nehme ich gern, aber das mit der Kosmetik, das lassen wir weg. Und bitte, nennen sie mich nicht <gnädige Frau>. Nennen Sie mich einfach <Frau Thies>."*

„Wie Sie möchten, Frau Thies", erwiderte die nette Frau an der Rezeption, *„dann darf ich den Massagetermin bestätigen?"*

„Bitte, machen Sie das, Frau ..."

„Sie können mich gern <Frau Helga> nennen", kam die Rezeptionistin Marianne zu Hilfe und lächelte dabei.

Frau Thies war ein Gast, ganz nach ihrem Geschmack. Völlig konträr zu den Gästen, die sie sonst so gewohnt war.

Marianne trat auf den Balkon hinaus und betrachtete die Umgebung.

Ihr fiel sofort der Außenbereich des Spa auf. Zwei riesige Becken und eine große Liegefläche luden zum Schwimmen und Ruhen ein. Und etwas weiter hinten erkannte sie mehrere Tennisplätze.

Das war die Welt der Reichen und Schönen, eine Welt, zu welcher sie normalerweise keinen Zugang hatte; aber das war Marianne in diesem Augenblick egal.

Sie beschloss, die Tage zu genießen, mit allem, was sich ihr bot, und auf was sie Lust hatte.

*****

Marianne wurde schon erwartet. Ein junger, kräftiger Bursche mit Armen, welche im Umfang sich von Mariannes Oberschenkeln nur minimal unterschieden.

„Grüß Gott, gnädige Frau, mein Name ist Mario, und ich werde Sie jetzt massieren."

Mit diesen Worten griff Mario an den Kragen von Mariannes Bademantel, um ihr diesen vom Körper abzustreifen.

Marianne hielt mit aller Kraft die beiden Revers zusammen und sagte mit fester Stimme:

„Lassen Sie das bitte!"

Mario war verunsichert.

„Aber gnädige Frau..."

„Ich bin keine gnädige Frau", widersprach Marianne, *„und ich möchte, dass mich eine Frau massiert und kein Mann."*

Mario verstand die Welt nicht mehr. Er machte diesen Beruf schon über zehn Jahre; aber so etwas war ihm noch nicht untergekommen.

„Bei uns gibt es keine weiblichen Masseure", sagte er in seiner gekränkten Eitelkeit, *„Sie müssen also schon mit mir vorliebnehmen."*

„Ich muss gar nichts", erwiderte Marianne, *„zeigen sie mir lieber, wie ich zur Kosmetik komme."*

„Haben Sie denn einen Termin?", fragte Mario.

„Natürlich habe ich einen Termin", antwortete Marianne, *„Sie können ja nachfragen."*

Mario griff zum Telefon. Nur einen Augenblick später sagte er:

„Es tut mir leid, gnädige Frau. Sie hatten einen Termin, aber den haben sie ja abgesagt. Jetzt müssen Sie erst wieder einen Neuen machen."

Marianne hatte genug. Sie warf Mario einen wenig freundlichen Blick zu und verließ den Massageraum.

Es drängte sie, eilig an die frische Luft zu kommen.

Im Außenbereich des Spa suchte sie sich ein ruhiges Plätzchen, um wieder zu sich selber zu finden. Sie legte sich auf eine der Liegen und schloss die Augen.

„Ist alles in Ordnung, Frau Thies?"

Marianne öffnete die Augen. Es war die Rezeptionistin Helga, die sich nach ihrem Befinden erkundigte.

„Nichts ist in Ordnung", begann Marianne aufgebracht, *„ich bin maßlos enttäuscht."*

„Um Gottes willen", erwiderte Helga, *„was ist denn passiert?"*

Marianne erzählte der netten Rezeptionistin, was sie gerade erlebt hatte.

„Das tut mir leid", sagte Helga, *„unsere Gäste sind äußerst zufrieden mit Mario. Sind Sie noch nie von einem Mann massiert worden?"*

Marianne war die Frage sichtlich unangenehm. Schließlich antwortete sie:

„Ich bin noch nie massiert worden."

Helga musste lachen. Sie bedauerte jedoch noch im selben Augenblick, dass sie das getan hatte, als sie in das traurige Gesicht von Marianne blickte.

„Ich entschuldige mich, dass ich so unsensibel war", sagte sie, *„bitte, verzeihen Sie mir, Frau Thies."*

„Sie müssen sich nicht entschuldigen, Frau Helga", erwiderte Marianne, *„nur weil ich etwas weltfremd bin. Mein Verhalten Mario gegenüber war einfach lächerlich."*

Die beiden Frauen sahen einander an.

„Wollen Sie sich vielleicht ein wenig zu mir setzen?", fragte Marianne.

„Das geht nicht", antwortete Helga, *„es ist uns von der Geschäftsleitung verboten."*

„Schade", sagte Marianne, *„ich hätte mich sehr gerne mit Ihnen unterhalten."*

„Ich habe eine andere Idee", erwiderte Helga, *„ich hole Sie am Abend ab und fahre mit Ihnen ins Dorf. Es gibt ein kleines, uriges Lokal, dort können wir uns in aller Ruhe bei einem Glas Wein unterhalten. Wie finden Sie das?"*

„*Das wäre wunderbar*", erwiderte Marianne.

„*Abgemacht*", sagte Helga, „*ich werde um 19:00 Uhr vor dem Hotel sein.*"

Als Helga gegangen war, fühlte sich Marianne gleich viel besser. Sie ging zurück in ihr Zimmer und rief zu Hause an, um einen ersten Bericht abzugeben und um sich nach Alexander zu erkundigen.

*****

Der „Dorfkrug" war ein Lokal aus vergangenen Zeiten. Ein alter Fachwerkbau mit sehr viel Charme und Gästen, die überwiegend aus Einheimischen bestanden.

Der Wirt selbst kam an den Tisch, an welchem Helga und Marianne Platz genommen hatten. Er begrüßte Helga mit den Worten:

„*Schön, dass du dich wieder einmal hierher verirrt hast.*"

„*Das ist mein Onkel Franz*", stellte Helga Marianne den Mann vor, und zu ihrem Onkel gewandt:

„*Das ist Marianne, eine Freundin von mir.*"

„*Du bist aber nicht aus der Gegend*", sagte der Onkel zu Marianne, worauf Helga antwortete:

„Sei nicht so neugierig, Franz, und bring uns lieber etwas zu trinken."

Marianne war über den sehr persönlichen Umgang erstaunt; aber es störte sie keineswegs.

„Was möchtet ihr denn?", fragte der Wirt.

„Bring uns einen Krug Hauswein und zwei Speckbrote", antwortete Helga, ohne Marianne zu fragen.

Marianne gefiel die selbstbewusste Art ihrer Begleiterin, und sie wünschte, sie wäre ein wenig wie sie.

„Sie müssen entschuldigen", sagte Helga, *„dass der Franz Sie geduzt hat. Bei uns auf dem Land gehen die Uhren etwas anders."*

„Das ist schon in Ordnung", erwiderte Marianne, *„und wenn Sie möchten, dann können wir gern DU zueinander sagen. Schließlich haben wir ja einen ähnlichen Beruf."*

„Wie das denn?", fragte Helga.

„Ich arbeite als Bedienung in einem Café und Weinhaus."

„Darauf müssen wir trinken", sagte Helga und füllte die Gläser mit dem Wein, welchen Onkel Franz, zusammen mit den Speckbroten auf den Tisch gestellt hatte.

„*Das musst du probieren*", sagte Helga und deutete auf die Brote. „*Der Speck stammt von einem hausgeschlachteten Schwein, so etwas bekommst du nirgendwo.*"

Die beiden Frauen stießen mit ihren Gläsern an und machten sich dann an die Speckbrote.

„*Das schmeckt ja köstlich*", schwärmte Marianne nach dem ersten Bissen, während Helga ihr zulächelte.

„*Ich bin sehr froh, dass ich mit dir hier sein darf*", sagte Marianne nach weiteren Bissen, „*es tut mir gut.*"

„*Das freut mich, liebe Marianne*", erwiderte Helga und legte ihre Hand auf Mariannes Arm.

Marianne fühlte sich seltsam berührt. Es war nicht so, als befürchtete sie, Helga hätte sich in sie verliebt. Es war anders.

„*Es überrascht mich, dass du mit einem frustrierten Hotelgast den Abend verbringst anstatt mit einem lieben Freund.*"

Marianne war diese Bemerkung einfach so herausgerutscht, und als sie Helgas Gesichtsausdruck sah, bereute sie es.

„*Es tut mir leid, wenn ich gerade etwas Dummes gesagt habe*", versuchte Marianne sich zu entschuldigen, worauf Helga antwortete:

„Das ist kein Problem."

Marianne fühlte sich unwohl. Sie wusste nicht, ob sie noch etwas sagen sollte. Sie biss stattdessen kräftig in ihr Speckbrot und vermied den Blickkontakt mit Helga.

„Ich war verlobt", sagte Helga. *„Wir wollten im Herbst heiraten. Aber Patrick hatte vor einem halben Jahr einen schweren Motorradunfall. Er war auf der Stelle tot."*

„Mein Gott", entfuhr es Marianne, *„das ist ja furchtbar. Bitte, verzeih meine blöde Bemerkung von vorhin."*

„Das konntest du ja nicht wissen", erwiderte Helga mit einem sanften Lächeln, das tief in Mariannes Herz drang.

„Aber wie ist das mit dir?", fragte Helga mit einer Stimme, die nach Unbeschwertheit klang und Mariannes Bewunderung hervorrief.

„Bist du verheiratet? Hast du Familie?"

„Ich bin geschieden und mit meiner Mutter und mit meinem Sohn bilde ich eine kleine Familie", antwortete Marianne.

„Du hast einen Sohn?", wiederholte Helga freudig, *„wie heißt er und wie alt ist er?"*

„Er heißt Alexander, ist 12 Jahre alt und hat Trisomie 21."

Diese Antwort löste zunächst einmal Betroffenheit bei Helga aus. Sie sah Marianne einfach nur an.

„Das ist doch dieses Downsyndrom", sagte Helga etwas zögerlich.

„Ja, so nennt man es im Allgemeinen", erwiderte Marianne.

„Und der Vater?", fragte Helga, *„kümmert er sich wenigstens um seinen Sohn?"*

„Nein", antwortete Marianne, *„und das ist auch gut so."*

„Wäre aber eine männliche Bezugsperson in seinem Alter nicht wichtig für Alexander?"

Marianne war erstaunt, wie pragmatisch Helga mit dieser Thematik umging. Andere Leute ziehen sich eher zurück, wenn sie von dieser Krankheit hören.

„Sicher wäre das hilfreich", antwortete Marianne, *„aber eine Mutter mit einem behinderten Kind gehört nicht gerade zum Beuteschema eines Mannes."*

Helga musste lächeln. Es gefiel ihr, wie Marianne sich ausdrückte.

„Hat es nie jemand gegeben, der sich auf dich einlassen wollte; auch mit deinem Sohn?"

Marianne musste augenblicklich an Berti denken.

„Doch", antwortete Marianne, „es gab da jemanden."

Sie war überrascht, dass sie in der Vergangenheitsform geantwortet hatte; denn schließlich gab es diesen Mann ja noch immer.

„Und?", fragte Helga erwartungsvoll.

„Er ist sogar ein ganz toller Mann", antwortete Marianne, „und er versteht sich auch gut mit Alexander..."

„Aber?"

„Es geht nicht", sagte Marianne. „Er ist ein studierter Mann und ich bin nur eine Kellnerin."

„Ho, ho, ho", kam ein heftiger Protest aus Helgas Mund, „du bist gerade im Begriff, unseren Berufsstand zu diskreditieren."

Die beiden Frauen mussten lachen.

„Wie alt ist dieses Prachtexemplar und was macht er beruflich?", fragte Helga.

„Berti ist 74 und war vor seiner Pensionierung Direktor an einem Gymnasium."

Marianne war überrascht über sich selber, wie leicht ihr der Name Berti über die Lippen gegangen war.

Helga sah in Mariannes Gesicht. Sie hatte ein Leuchten darin entdeckt, als Marianne von Berti sprach.

„Was empfindest du für diesen Mann?", fragte Helga.

„Bewunderung", kam die überraschende Antwort von Marianne.

„Und warum wirst du dann rot?", fragte Helga, *„wenn du doch nur Bewunderung für ihn empfindest?"*

Marianne erschrak. War sie wirklich rot geworden? Sie hatte plötzlich ein Bild von Berti vor ihren Augen, und sie wünschte sich, er könnte jetzt hier bei ihr sein.

„An was denkst du gerade?", fragte Helga und fügte hinzu:

„Sag die Wahrheit. Ich sehe doch den verklärten Blick in deinen Augen."

„Du hast gar nichts zu dem großen Altersunterschied gesagt", wich Marianne geschickt aus, *„oder sehe ich schon so alt aus, dass es dir gar nicht aufgefallen ist?"*

„<Fishing for Compliments>, nennt man das wohl", erwiderte Helga lächelnd, „mir scheint, du bist in diesen Berti fast ein wenig verliebt."

Marianne sah Helga lange an, bevor sie fragte:

„Glaubst du, dass zwei so unterschiedliche Menschen wir Berti und ich glücklich werden könnten?"

Helgas Antwort kam ohne Umschweife.

„Wenn sich beide von ganzem Herzen gernhaben, warum nicht? Und vielleicht wird sogar irgendwann Liebe daraus."

In diesem Augenblick fasste Marianne einen Entschluss. Sie würde Berti eine zweite Chance geben.

*****

Helga hatte sich für den nächsten Tag freigenommen. Sie wollte ihre neue Freundin begleiten.

Auf dem Programm stand ein Ausflug mit dem Bus zu einem nahe gelegenen Weingut.

Der Abend zuvor hatte bei beiden Frauen Spuren hinterlassen.

„Ich finde es so toll von dir, dass du mich begleiten willst, und ich bin dir sehr dankbar."

Mit diesen Worten begrüßte Marianne die junge Frau hinter der Sonnenbrille.

„Wie geht es dir?", fragte die Angesprochene, *„konntest du gut schlafen?"*

„So gut, wie schon lange nicht mehr", antwortete Marianne, die offenbar keine solche Nachwehen hatte wie Helga.

Marianne war mit dem Taxi gefahren, nachdem der Alkoholkonsum Helga verboten hatte, Marianne zum Hotel zurückzubringen.

Helga war noch etwas länger im „Dorfkrug" geblieben und hatte mit einigen Freunden aus dem Dorf noch weiter gefeiert.

„Wäre ich doch mit dir gegangen", jammerte Helga, *„dann hätte ich nicht so einen Brummschädel."*

„Möchtest du lieber dableiben", bot Marianne an, *„ich hätte vollstes Verständnis dafür."*

„Auf gar keinen Fall", widersprach Helga heftig, *„wie sagt meine Mutter? Wer am Abend feiern will, der muss auch am nächsten Morgen arbeiten können."*

„Aber hier geht es ja nicht um Arbeit, liebe Helga", wagte Marianne einen neuen Versuch.

„Da hast du völlig recht", erwiderte Helga, *„das ist Vergnügen. Und dem komme ich sehr gerne nach.*

Und jetzt Schluss damit. Ich nehme im Bus eine Mütze Schlaf, und dann geht das schon."

Und tatsächlich. Der Bus war kaum losgefahren, da begab sich Helga schon in das Land der Träume. Und wenige Minuten später ruhte ihr Kopf an Mariannes Schulter.

Marianne musste daran denken, dass sie noch vor langer Zeit viele Freundinnen hatte. Wie viel sie wert waren, zeigte sich, nachdem sie ihr behindertes Kind auf die Welt gebracht hatte.

Eine nach der anderen verabschiedete sich, und jedes Mal traf es Marianne bis tief ins Mark. Sie konnte nicht verstehen, warum Menschen so lieblos sind, und dass die Behinderung eines Menschen einer Stigmatisierung gleichkommt.

Und nun hatte sie einen Menschen getroffen, der den Weg zu ihrem Herzen gefunden hatte, und der nur innerhalb eines Tages zu einer Freundin geworden war.

„Sind wir schon da?"

Helga war durch das ruckartige Bremsen des Busfahrers wach geworden.

„Schade; ich habe gerade so gut geschlafen."

„Tut mir leid, junge Frau", sagte Marianne zwinkernd, *„aber mitgefangen heißt mitgehangen."*

Das Arrangement sah zunächst eine Führung durch den Weinberg vor mit einer anschließenden Führung durch den Betrieb. Und als Abschluss war eine Verkostung geplant mit Brot, Käse und Wurst.

Die Führung in der frischen Luft war das probate Zaubermittel für Helga. Ihre Lebensgeister erholten sich von Minute zu Minute, und als sie nach der Betriebsbesichtigung an einer langen Tafel Platz nahmen, hatte sich sogar eine gewisse Vorfreude auf die Verkostung eingestellt.

Der Kellermeister des Betriebs, zugleich auch Schwiegersohn des Weingutbesitzers, stellte diverse Weine vor.

Als ein Grauburgunder kredenzt wurde, sagte Marianne zu Helga:

„Das ist der Lieblingswein von Berti."

Marianne fiel gar nicht auf, wie leicht ihr der Name Berti über die Lippen ging. Was ihr hingegen auffiel, war die Freude, welche sie dabei empfand, als sie das sagte.

„Du kannst ihm ja welchen mitbringen", schlug Helga vor, *„das würde ihn sicher sehr freuen."*

„Das ist eine wunderbare Idee", erwiderte Marianne begeistert, *„das mache ich."*

Am Ende der Verkostung wurde die Gruppe durch einen klug angelegten Verkaufsraum geschleust. Es war die einzige Möglichkeit, wieder ins Freie zu gelangen.

Marianne hatte drei Flaschen Grauburgunder in einem Geschenkkarton gekauft, den sie stolz vor ihrer Brust trug, als sie wieder den Bus bestiegen.

„Ich bin sehr froh und dankbar, dass ich das mit dir heute machen konnte", sagte Marianne, *„und ich freue mich schon auf das Gesicht von Berti. "*

Helga sagte nichts; sie lächelte Marianne einfach nur an.

„Warum lächelst du? ", fragte Marianne.

„Weil es den Anschein hat, als wärst du deinem Berti ein großes Stück nähergekommen. "

„Findest du? ", fragte Marianne zögerlich.

„Du etwa nicht? ", erwiderte Helga.

„Ich glaube schon; aber ich habe Angst", sagte Marianne.

„Angst wovor? ", fragte Helga.

„Angst davor, enttäuscht zu werden... "

*****

Marianne ging zeitig schlafen. Der Tag war doch recht anstrengend gewesen, vor allem durch die Hitze. Aber zuvor rief sie noch ihre Mutter an.

„Hallo Mamutschka. Wie geht es euch? Ist alles in Ordnung? Geht es meinem Goldschatz gut? Vermisst er mich?"

„Welche dieser Fragen soll ich zuerst beantworten, mein Täubchen?", antwortete Natascha, der nicht entgangen war, dass Mariannes Stimme ziemlich aufgeregt klang.

„Bei uns ist alles wunderbar", sagte Natascha, *„und Sascha vermisst dich überhaupt nicht; schließlich hat er ja seine Babuschka."*

Natascha fügte ein Lachen ihrer Lüge hinzu, denn Alexander fragte jeden Tag, wann die Mama wieder heimkäme.

Marianne war dies wohl bewusst, und die Trennung von ihrem Kind hatte ihr schon kurz nach der Abreise von Zuhaus ein schlechtes Gewissen beschert.

Es war das erste Mal, dass Mutter und Kind getrennt waren. Aber es ging ja nur um ein paar wenige Tage, bis sie wieder vereint wären.

„Sag mir lieber, was mit dir los ist?", fuhr Natascha fort.

„Was meinst du, Mamutschka?", sagte Marianne.

„*Ach, Kind*", erwiderte Natascha, „*glaubst du wirklich, deine alte Mutter merkt nicht, wenn in dir etwas herumspukt?*"

Marianne lächelte. Seit sie denken konnte, hatte sie ihrer Mutter noch nie etwas vormachen können.

„*Es ist wegen Berti*", sagte Marianne leise.

Natascha wurde hellhörig. Waren die beiden schon aufeinandergetroffen.

„*Was ist mit dem Doktorchen?*", fragte Natascha vorsichtig, „*habt ihr euch schon getroffen?*"

Jetzt wurde Marianne hellhörig.

„*Wieso sollen wir uns getroffen haben?*", sagte Marianne, „*er weiß doch gar nicht, dass ich hier bin, oder doch?*"

Natascha biss sich auf die Lippen. Ihre Gedanken schossen wie wild hin und her.

„*Ich weiß nicht, mein Täubchen*", wich Natascha erst einmal aus, um Zeit zu gewinnen.

Und dann machte das Schicksal Natascha ein unerwartetes Geschenk, indem Marianne fragte:

„*Heißt das, er kommt hierher?*"

Und als Marianne „*das wäre wunderbar*" hinterherschickte, bekreuzigte sich Natascha voller Dankbarkeit.

„*Ich würde mich so für dich freuen, Gruschenka*", sagte Natascha, „*und ich halte euch beide Daumen, dass ihr zueinanderfindet.*"

Und zur Bekräftigung schlug Natascha wieder das Kreuz, und das mehrere Male.

„*Aber jetzt müssen wir Schluss machen, mein Täubchen, das wird sonst noch zu teuer.*

Ich küsse dich, mein Engel, hab eine gute Nacht, und mögen die Engel über dich wachen."

Marianne hatte Tränen in den Augen. Sie hielt den Telefonhörer mit beiden Händen fest und sagte:

„*Gute Nacht, Mamutschka, und gib Alexander einen Kuss von mir.*"

„*Gute Nacht*", erwiderte Natascha, „*und grüße das Doktorchen lieb von mir.*"

Danach legte sie rasch den Hörer auf, ging hin zu der Ikone an der Wand, bekreuzigte sich erneut und dankte allen Heiligen, dass sie aus der Geschichte so gut herausgekommen war.

*****

Der nächste Tag war wieder ein sehr warmer Tag, und Marianne beschloss, nach dem Frühstück die Badelandschaft zu genießen.

Sie zog ihren Bikini an, holte sich beim hoteleigenen Kiosk ein paar Zeitschriften und suchte sich ein schattiges Plätzchen.

Unter einem großen Baum fand sie eine freie Liege. Sie breitete ihr Badetuch darauf aus, setzte sich nieder und winkte einen der Kellner zu sich, welche sich, in gehörigem Abstand von den Liegen, um die Gäste kümmerten.

„Was darf ich Ihnen bringen?", fragte der junge Mann, und Marianne antwortete:

„Bringen Sie mir bitte irgendetwas Erfrischendes."

„Sehr gern, gnädige Frau", antwortete der junge Mann, *„darf es etwas mit Alkohol sein oder lieber ohne?"*

„Lieber ohne", antwortete Marianne, *„für Alkohol ist es noch etwas zu früh."*

„Sehr gern, gnädige Frau", sagte der junge Mann, *„dann werde ich Ihnen einen <Virgin Sunrise> bringen, das ist die alkoholfreie Version des <Tequila Sunrise>."*

„Und was ist da alles drin?", fragte Marianne.

„*Orangensaft, Ananassaft, Zitronensaft, Grenadin-Sirup und viel Crashe Ice*", antwortete der junge Mann.

„*Das klingt vielversprechend*", sagte Marianne, die insgeheim den jungen Mann bewunderte, dass er ihr das so gut erklären konnte.

„*Und Sie wissen das alles auswendig?*", schmeichelte sie ihm, was dem jungen Mann sichtlich gefiel.

„*Nur die gängigsten, gnädige Frau*", antwortete der junge Mann und entfernte sich, um dem netten und hübschen Gast das Gewünschte zu bringen.

Marianne hätte ihm noch gern gesagt, dass sie keine „gnädige Frau" wäre und auch nicht als solche angesprochen werden möchte; aber das hätte das Berufsbild des jungen Mannes in Unordnung gebracht.

Die Hitze nahm minütlich zu, und Marianne beschloss, Abkühlung im Pool zu suchen. Sie streifte ihren Bademantel ab und ging zum Pool.

Der Pool war riesengroß und nur wenige Menschen befanden sich darin. Das Wasser war wohl temperiert und Marianne genoss es sehr.

Nachdem sie einige Bahnen geschwommen war, ging sie zu ihrer Liege zurück, wo schon der „Virgin Sunrise" auf sie wartete.

Sie hängte sich den Bademantel um und entledigte sich des nassen Bikinis. An seine Stelle trat ein kurzer

Jumpsuit, den sie sich in der Boutique des Hotels gekauft hatte.

Er war zwar nicht billig; aber als sie ihn in der Auslage gesehen hatte, konnte sie nicht widerstehen.

Marianne legte sich auf die Liege, nahm eine der Zeitschriften zur Hand und genoss ihren Cocktail.

„Das gibt es doch nicht. Sind Sie es wirklich, Marianne?"

Marianne legte die Zeitschrift zur Seite und richtete ihren Blick in die Richtung, aus welcher die Stimme gekommen war.

Nur ein paar Schritte von ihr entfernt stand Dr. Berthold Affenthaler und lächelte ihr entgegen.

„Hallo, Berti!"

Mariannes Herz klopfte wie wild.

„Hat sie meine Mutter geschickt oder war es Frau Herold?"

Berti fasste diese Frage von Marianne als Spaß auf und antwortete daher:

„Weder noch, liebe Marianne. Ich bin ganz zufällig hier."

Die Freude aus Mariannes Gesicht wich augenblicklich.

„Wieso wusste dann meine Mutter, dass Sie kommen würden?"

Marianne wusste plötzlich die auftretende Unsicherheit zu deuten, als sie ihre Mutter danach fragte, ob Berti hierherkommen würde.

Und Berti erkannte, dass er gerade die so akribisch geplante Aktion voll gegen die Wand gefahren hatte.

„Ich würde Ihnen das gern erklären, Frau Marianne", trat er vorsichtig den Rückzug an, *„darf ich Sie für heute Abend zum Essen einladen?"*

Da stand er nun. Ein Mann in den besten Jahren, mit reinen Absichten und verschwindend wenig Selbstbewusstsein, und in der vagen Hoffnung, Marianne würde seiner Bitte zustimmen.

Marianne sah Berti lange prüfend an. Sie verstand nicht, warum er sich zu einer offensichtlichen Charade hergegeben hatte.

„Ich werde mir das noch gut überlegen, Herr Doktor", antwortete sie, *„und jetzt gehen Sie. Ich bin maßlos enttäuscht."*

„Ich werde ab 19:00 Uhr im Restaurant auf Sie warten", erwiderte Berti und entfernte sich wie ein geprügelter Hund.

*****

Als Marianne ins Restaurant kam, war Berti schon da. Genauer gesagt, er wartete schon seit zwei Stunden. Er war schon eine Stunde vor dem Termin gekommen, und Marianne eine Stunde nach dem Termin.

Berti stand auf und bot Marianne einen Platz an.

„Ich freue mich sehr, dass Sie gekommen sind, Marianne."

Marianne überging es und setzte sich nieder.

„Ich bin über die Maße enttäuscht", sagte sie, *„und ich hätte nie gedacht, dass meine Mutter und meine Chefin bei dieser Schmierenkomödie mitspielen würden."*

„Das stimmt so nicht", widersprach Berti, *„ich muss Sie korrigieren. Ihre Frau Mutter und Frau Herold haben mit dieser Sache überhaupt nichts zu tun.*

Es war ganz allein meine Idee. Ich habe lediglich Frau Herold kurz davor eingeweiht, und sie muss es dann wohl an Ihre Mutter weitergesagt haben.

Frau Herold hat mich sogar noch davor zurückhalten wollen; aber ich war einfach nicht zu bremsen.

Ich kann Sie nur bitten, mir mein Verhalten zu verzeihen. Ich habe es aus Liebe getan, auch wenn Sie mir das vielleicht nicht glauben wollen."

„Das ist dreist", erwiderte Marianne aufgebracht. *„Haben Sie überhaupt kein Schamgefühl, mich so zu täuschen?*

Ich werde gleich morgen früh abreisen, und danach möchte ich Sie nie wieder sehen, Herr Doktor."

Berti sank in sich zusammen. Er fühlte sich einer Ohnmacht nahe. Mit letzter Kraft sagte er:

„Bitte, tun Sie das nicht. Ich habe bei der Rezeption schon ausgecheckt und ich werde noch heute Abend das Hotel verlassen.

Ich danke Ihnen für das Gespräch und ich wünsche Ihnen, Alexander und Ihrer Mutter alles Gute."

Berti stand eilig auf und verließ das Restaurant.

Marianne saß da, wie gelähmt. Sie ging zur Rezeption und war sehr froh darüber, als sie dort Helga antraf.

„Kannst du bitte nachsehen, wer neben meinem Zimmer wohnt?"

„Tut mir leid, Marianne", antwortete die Rezeptionistin, *„das darf ich nicht."*

„Ich verstehe" antwortete Marianne, *„wir machen das anders. Ich sage dir, dass ein Herr Dr. Berthold Affenthaler dort gewohnt hat, denn er hat angeblich schon ausgecheckt, und du schaust nach.*

Wenn ich recht habe, sagst du gar nichts. Wenn nicht, dann räusperst du dich. So hast du mir keine Auskunft gegeben und kannst heute Nacht ruhig schlafen."

Helga schaute in ihren Computer.

„Ist das dein Berti?", fragte sie aufgeregt, als sie Mariannes Vermutung bestätigt fand, und Marianne antwortete:

„Das war nie mein Berti, das ist nicht mein Berti, und das wird auch nie mein Berti sein."

Danach ließ sie Helga einfach stehen und strebte dem Fahrstuhl zu, der sie auf die Etage bringen sollte, in welcher ihr Zimmer lag.

Marianne hatte auf dem Weg zu ihrem Zimmer schon erste Tränen in ihren Augen, und als sie die Tür hinter sich zugemacht hatte, gab sie sich einem heftigen Weinkrampf hin.

Es dauerte eine Weile, bis sich Marianne wieder einigermaßen beruhigt hatte. Dann rief sie ihre Mutter an.

„Hallo Mamutschka."

Natascha konnte an Mariannes Stimme erkennen, dass es ihr nicht gut ging.

„Hallo Gruschenka, was ist los mit dir?"

Allein diese Frage löste bei Marianne einen erneuten Weinkrampf aus.

„So beruhige dich doch, mein Täubchen", sagte Natascha mit sanfter Stimme, *„sonst kann dich deine Mamutschka nicht verstehen."*

„Ich hasse Berti."

Marianne hatte es förmlich herausgepresst.

„Aber warum denn?", fragte Natascha, der Böses schwante.

„Weil er das alles inszeniert hat", antwortete Marianne. *„Das war alles Schwindel mit dem Gewinn. Er ist sogar so weit gegangen, mir gegenüber zuerst den Ahnungslosen zu spielen. Aber dann hat er alles zugegeben."*

Natascha schwieg. Sie wurde hin- und hergerissen zwischen Lüge und Wahrheit. Sie schaute zu der Ikone an der Wand, in der Hoffnung, von dort eine Eingebung zu erlangen. Aber es kam nichts.

„Warum sagst du nichts?", fragte Marianne.

Natascha nahm allen Mut zusammen und legte ein umfassendes Geständnis ab.

Sie erzählte ihrer Tochter, dass die Aktion „Amors Pfeil" von ihr und Anna Herold ausgegangen war, und dass Berti nicht das Geringste damit zu tun hatte.

Marianne wurde schwindelig.

„Aber davon gewusst hat er schon", unterbrach Marianne ihre Mutter.

„Ja, schon", gab Natascha ungern zu, *„aber er war total dagegen. Anna musste ihn lange weichkneten, bis er endlich nachgab."*

Marianne musste das alles zuächst einmal verdauen.

„Bist du noch da?", fragte Natascha,

„Warum hat er gesagt, dass es seine Idee war und nicht eure?", fragte Marianne ungläubig.

„Kannst du dir das nicht denken?", fragte Natascha, worauf Marianne etwas ungehalten antwortete:

„Mir ist im Augenblick nicht nach Ratespielen zumute, Mutter."

Das Wort „Mutter" traf Natascha wie ein Stromschlag. So hatte sie Marianne seit Ewigkeiten nicht mehr genannt.

„Weil er sich schuldig fühlt, weil er sich dir gegenüber schämt und weil er dich liebt."

Marianne beendete abrupt das Gespräch. Sie wählte stattdessen die Nummer der Rezeption.

„Bitte, Helga, komm schnell. Ich brauche dich. Ich verliere sonst noch den Verstand."

„Gib mir nur ein paar Minuten, dann komme ich zu dir", antwortete Helga, die den Ernst der Lage erkannt hatte.

Und schon wenige Minuten später klopfte sie bei Marianne an die Tür. Als Helga ihre Freundin sah, erschrak sie.

„Um Gottes willen", sagte Helga, „was ist passiert?"

„Sie haben mich belogen und betrogen", antwortete Marianne unter Tränen, „alle haben mich betrogen."

Helga ging zu der kleinen Hausbar und entnahm ihr ein Fläschchen Cognac. Sie leerte es in ein Glas und hielt es Marianne entgegen.

„Trink das", sagte Helga, „trink es in einem Zug."

Marianne tat, was Helga gesagt hatte.

„Und jetzt putzt du die Nase, und dann erzählst du mir alles", sagte Helga und reichte Marianne ein Taschentuch.

„Kannst du denn so lange wegbleiben?", fragte Marianne, und Helga antwortete:

„Ich habe einen lieben Kollegen gebeten, meinen Dienst zu übernehmen."

Marianne fiel Helga um den Hals.

„Du bist so lieb zu mir", sagte Marianne, „ich bin so froh, dass wir Freundinnen sind."

Helga lächelte.

„Dann werde ich uns einmal etwas zu essen und zu trinken bestellen, was möchtest du?"

„Ist mir egal", antwortete Marianne, „alles, nur keinen Grauburgunder."

Marianne bestellte Canapés[18] und eine Flasche Prosecco, und dann hörte sie sich die unglaublich verrückte Geschichte an.

„Was hältst du davon?", fragte Marianne, als sie am Ende ihres Berichtes angekommen war, worauf Helga antwortete:

„Es ist doch viel wichtiger, was du davon hältst."

„Ich weiß es nicht", antwortete Marianne, „ich weiß überhaupt nichts mehr."

„Vielleicht wäre es gut, wenn du erst einmal eine Nacht darüber schlafen würdest", sagte Helga.

---

[18] Appetithäppchen

„*Das mache ich*", antwortete Marianne, bei welcher der Alkohol bereits deutlich Wirkung zeigte. Sie hatte den Prosecco getrunken wie eine Limonade.

„*Aber du musst bei mir bleiben*", fuhr Marianne fort. „*Du legst dich zu mir und bleibst die ganze Nacht da.*"

„*So machen wir das*", erwiderte Helga, „*du legst dich schon einmal ins Bett, und ich komme gleich nach. Ich muss nur noch zuvor kurz hinunter an die Rezeption.*"

Marianne ließ sich willig zu Bett bringen. Als sich Helga abwenden wollte, hielt sie Marianne am Arm fest.

„*Und du kommst ganz bestimmt gleich wieder.*"

„*Versprochen*", antwortete Helga, deckte Marianne zu und ging zur Tür.

Bevor sie diese öffnete, drehte sie sich noch einmal um und schaute zu ihrer Freundin.

Marianne war bereits eingeschlafen.

Helga ging noch einmal zurück und nahm sich ein Blatt Papier vom Schreibtisch, um darauf eine Notiz zu hinterlassen.

*****

Es war schon relativ spät, als Marianne erwachte.

Auf dem Bett neben ihr fand sie ein Blatt Papier, auf welchen geschrieben stand:

„Guten Morgen, liebe Marianne,

ich hoffe, du hast gut geschlafen, und du bist mir nicht böse, dass ich nicht geblieben bin. Es ist uns strengstens untersagt, außerhalb unseres Dienstes in den Räumlichkeiten des Hotels Zeit mit unseren Gästen zu verbringen.

Ich habe mir den heutigen Tag freigenommen, und wenn du möchtest, können wir ihn gemeinsam verbringen. Ich würde mich freuen.

Ruf mich bitte an, wenn du gefrühstückt hast. Meine Telefonnummer habe ich dir aufgeschrieben.
Bis dahin liebe Grüße,

Helga"

Marianne strahlte. Es bereitete ihr so große Freude, dass sie den Brief noch einmal las. Dann sah sie auf ihrem Telefon, dass mehrere Gespräche auf ihre Mailbox eingegangen waren.

Sie ignorierte es und ging ins Bad, um zu duschen. Sie beschloss, den Tag mit Helga einfach nur zu genießen.

*****

„*Eine Frau Natascha Thies hat mehrmals bei uns angerufen. Sie sagt, es wäre wichtig, und sie könne Sie nicht erreichen.*"

Ein junger Mann, der wie Helga an der Rezeption arbeitete, war mit dieser Nachricht an Mariannes Frühstückstisch getreten.

„*Vielen Dank*", erwiderte Marianne, „*sollte diese Frau noch einmal anrufen, sagen Sie ihr bitte, dass ich vorübergehend nicht erreichbar bin. Und zwar für niemanden.*"

Der junge Mann nickte und entfernte sich danach.

Als Marianne fertig gefrühstückt hatte, wählte sie Helgas Nummer.

„*Guten Morgen*", erklang die fröhliche Stimme am anderen Ende, „*hast du gut geschlafen, und wie geht es dir?*"

„*Ich habe geschlafen wie ein Stein und es geht mir gut; sehr gut sogar*", antwortete Marianne, „*und ich freue mich schon auf dich.*"

„*Das ist prima*", erwiderte Helga, „*ich werde in einer halben Stunde vor dem Hotel auf dich warten, wenn das für dich passt.*"

„*Das ist perfekt; vielen Dank!*"

Marianne ging auf ihr Zimmer und richtete sich für das Treffen mit Helga her.

Sie wählte eine legere Kleidung und Sportschuhe. Und ein Basecap, wie es heute die jungen Leute tragen.

Sie betrachtete sich noch einmal im Spiegel und verließ dann das Zimmer.

Helga stand, auf die Minute genau, mit ihrem Auto vor dem Hotel.

Marianne ging zu ihr hin und gab ihr einen Kuss auf die Wange.

Helga war überrascht.

„*Das ist aber eine liebe Begrüßung*", sagte sie, „*wie komme ich zu dieser Ehre?*"

„*Weil du meine allerliebste Freundin bist und weil ich heute ein neues Leben beginne*", antwortete Marianne.

„*Aha*", sagte Helga, „*es freut mich, dass du mir diese Ehre zuteilwerden lässt. Und wie soll dein neues Leben aussehen?*"

„*Weniger fremdbestimmt*", antwortete Marianne.

„*Das ist ein hehres Ziel*", erwiderte Helga, „*ich wünsche dir viel Erfolg.*"

„*Was unternehmen wir heute?*", fragte Marianne, und Helga antwortete:

„Lass dich einfach überraschen."

Marianne genoss die Fahrt mit Helga in deren offenen Flitzer. Es war ein Mini und wie gemacht für junge Leute.

Sie fühlte sich leicht. Sie konnte sich nicht daran erinnern, wann sie dieses Gefühl zuletzt gehabt hatte oder ob sie es überhaupt jemals hatte.

Dann waren sie am Ziel.

„Kennst du das?", fragte Helga, *„bist du je damit gefahren?"*

Marianne verneinte. Sie standen vor einer Sommerrodelbahn.

„Das sieht abenteuerlich aus", sagte Marianne, *„sollen wir etwa damit fahren?"*

„Das ist der Plan, meine allerbeste Freundin", erwiderte Helga zwinkernd, *„oder hast du etwa Angst?"*

„Das weiß ich gar nicht", antwortete Marianne vorsichtig.

„Dann lass es uns herausfinden", sagte Helga und ging zur Kasse, um die Tickets zu kaufen.

„Wir fahren zweimal", begann Helga ihre Erklärung.

„Zuerst sitzt du hinten und ich vorne. Und beim zweiten Mal machen wir es umgekehrt."

„Und warum?", fragte Marianne ungläubig.

„Weil derjenige, der hinten sitzt, der Bremser ist. Der bestimmt das Tempo.

Einmal darfst du das machen und einmal ich. Mal sehen, wer von uns beiden der Mutigere ist."

„Das wird also eine Art Wettbewerb", sinnierte Marianne skeptisch. *„Und? Ist das gefährlich?"*

„Nein", antwortete Helga lachend, *„nur wenn du versuchst, während er Fahrt auszusteigen."*

Als Marianne am Start stand und mit ihren Augen den steil nach unten führenden Bahnverlauf verfolgte, wurde ihr ein wenig blümerant.[19]

Mit ihrer Länge von über zwei Kilometer und den vielen überhöhten Kurven machte die überlange Wanne aus Edelstahl einen imposanten Eindruck.

Was wohl nur wenige wissen, ist die Tatsache, dass es solche Bahnen schon im 16 Jahrhundert in Russland gab.

Dieses Freizeitvergnügen gibt es heute in vielen Ländern. Die meisten in Deutschland, gefolgt von Frankreich und Österreich.

---

[19] Alter Ausdruck für mulmig

„*Bist du bereit?*", fragte Helga, und als das zaghafte JA von Marianne gekommen war, erklärte sie ihr das Bremssystem.

„*Es ist ganz einfach*", sagte Helga und deutete auf einen Hebel. „*Wenn du den nach vorne drückst, beschleunigt der Schlitten und wenn du ihn zum Körper ziehst, dann bremst er.*"

Und dann ging es los. Es dauerte nur wenige Sekunden, und der Schlitten hatte ordentlich Fahrt aufgenommen.

Währen Helga vor Freude juchzte, gab sich Marianne eher verhaltener. Sie hielt den Hebel stets in Körpernähe. Einmal mehr und einmal weniger.

Als sie wohlbehalten unten angelangt waren, fragte Helga, ob es Marianne gefallen hätte.

Marianne bejahte.

„*Wunderbar*", erwiderte Helga, „*dann übernehme ich jetzt das Steuer.*"

Sie begaben sich zurück zum Ausgangspunkt und stiegen erneut in einen Schlitten.

„*Pass gut auf*", sagte Helga, „*was ich dir jetzt erkläre.*

Diese Fahrt wird einiges schneller verlaufen als die erste. Genieße ganz einfach den Wind, der dir ins

Gesicht weht, schau in die Landschaft, und hab keine Angst.

Es kann dir nichts passieren. Die Kurven sind so angelegt, dass der Schlitten auf gar keinen Fall die Bahn verlassen kann. Ganz egal, wie schnell man fährt.

Es ist noch nie etwas passiert. Und das wird sich auch heute nicht ändern. Hast du das verstanden?"

Wieder bejahte Marianne, auch wenn Helgas Erklärungen in keiner Weise beruhigend auf sie gewirkt hatten.

Die Fahrt begann. Auch wenn Marianne erwartet hatte, dass die Fahrt rasant werden würde, so wurde ihre Erwartung noch um ein Vielfaches übertroffen.

Helga bremste nicht. Nicht ein einziges Mal.

Marianne versuchte mit aller Macht, die Fahrt zu genießen. Aber so sehr sie sich auch bemühte, ihre Angst war übermächtig.

Als sie dem „Tod" entronnen waren und unten aus dem Schlitten stiegen, war Marianne kreidebleich.

Ich glaube, mir wird schlecht", sagte sie, während ihr Blick ins Leere ging…

*****

Die beiden Frauen hatten noch einige Zeit in der Natur zugebracht, bevor sie sich in einem Gastgarten niederließen.

Sie bestellten Kaffee und Kuchen und ließen das Geschehene noch einmal Revue passieren.

„Ich habe geglaubt, ich muss sterben", sagte Marianne lachend, jetzt, da ihr Humor wieder zurückgekehrt war.

Helga sah ihre Freundin lange an. Dann sagte sie:

„Ich möchte dich etwas fragen. Aber gib mir bitte eine ehrliche Antwort.

Welche der beiden Fahrten hat dir besser gefallen? Die erst oder die zweite?"

„Die zweite", antwortete Marianne, ohne auch nur einen Moment darüber nachzudenken.

„Du weißt gar nicht, wieso mir deine Antwort so gut gefällt", sagte Helga und strahlte über das ganze Gesicht.

„Und warum hat dir meine Fahrt besser gefallen?", fragte Helga weiter.

„Weil du weniger gebremst hast als ich. Obwohl mir kotzübel war, habe ich ein unbeschreibliches Gefühl von Freiheit gespürt", antwortete Marianne.

„*Ich habe überhaupt nicht gebremst*", erwiderte Helga, was einen Entsetzensschrei bei Marianne auslöste.

„*Was? Du hast überhaupt nicht gebremst?*"

„*Nein*", antwortete Helga mit einem feinen Grinsen.

„*Jetzt darf aber ich dich etwas fragen*", sagte Marianne, „*und ich erwarte auch von dir eine ehrliche Antwort.*"

„*Dann frag!*", erwiderte Helga.

„*Ich vermute, dass du einen Zweck mit dieser Aktion verbunden hast. Stimmt das?*"

„*Ja*", antwortete Helga, „*das stimmt.*"

„*Und sagst du mir auch, welchen?*"

„*Den hast du dir schon selbst genannt*", antwortete Helga. „*Ich wollte dich aus deinem geistigen Korsett befreien. Du bist für mich ein Mensch, der gern alles kontrolliert, und am meisten sich selbst.*

Du hast klare Grenzen, was an sich nichts Schlechtes ist. Aber man muss auch den Mut haben, diese auch hie und da einmal zu überschreiten.

Und das hast du heute gemacht, wenn auch nur bedingt freiwillig.

Ein griechischer Philosoph, namens Heraklit, hat einmal gesagt:

<man kann nicht zweimal in denselben Fluss steigen>

Er wollte damit sagen, dass immer alles in Bewegung bleibt, und er hat das in zwei Worten zusammengefasst: <Panta rhei>, <alles fließt>.

Man sollte Dinge zulassen, und sich nicht ständig dagegenstemmen. Es macht müde, kostet Energie, und meistens nützt es auch gar nichts."

Marianne hatte Helga aufmerksam zugehört.

Sie schaute sie bewundernd an und sagte:

"Was bist du doch für ein schlaues Mädchen."

Helga lachte und erwiderte:

"Das hat mir einmal ein Hotelgast gesagt. Es gefiel mir, und ich bemühe mich seither, danach zu leben. Es macht das Leben um so vieles einfacher; glaube mir."

"Ich kann mir vorstellen, dass du das auch auf Berti und mich beziehst", erwiderte Marianne, nachdem sie eine Weile über Helgas Worte nachgedacht hatte.

Helga nickte und sah Marianne erwartungsvoll an.

Mariannes Gedanken entfernten sich von Helga und wanderten zu Berti. Ein Leuchten ging über ihr Gesicht, als sie an ihn dachte.

„Liebst du diesen Mann?"

„Glaubst du an Schicksal?"

Marianne hatte Helgas Frage einfach übergangen, und ihr stattdessen diese Frage gestellt.

„Ich bin mir nicht sicher", antwortete Helga zögerlich, *„aber wahrscheinlich gibt es das schon."*

„Wie ist es mit dir?", fragte Helga nun ihrerseits die Freundin.

„Ja", antwortete diese, *„ich glaube fest daran."*

„Aber sage mir, wie kommst du ausgerechnet jetzt darauf?", sagte Helga, und Marianne antwortete:

„Weil ich gerade an Berti denken musste..."

*****

Die restliche Zeit ihres Urlaubs verbrachte Marianne, so oft es möglich war, mit Helga.

Sie waren einander so nahegekommen, dass der Abschied nicht ohne ein paar Tränen verlief. Sie versprachen einander, in Verbindung zu bleiben, und winkten sich ein letztes Mal zu.

Marianne hatte über vieles nachgedacht, auch über die klugen Worte einer jungen Frau, die sie ein paar Tage zuvor noch nicht einmal gekannt hatte.

Sie ließ sich die Geschehnisse um und mit ihrer Mutter, Frau Herold und nicht zuletzt Berti immer wieder durch den Kopf gehen.

Da war der Besuch von Berti bei ihr zu Hause und da war die spontane gegenseitige Sympathie, welche sich zwischen Berti und Alexander entwickelt hatte.

Und dann war da der unglücklich verlaufene Spaziergang im Park.

Vielleicht, wenn er sie damals einfach in den Arm genommen und geküsst hätte…

Marianne musste sich eingestehen, dass sie sich damals selbst wohl auch nicht gerade geschickt verhalten hatte…

Aber das würde jetzt ganz anders werden. Mit diesem Entschluss im Herzen freute sie sich schon sehr darauf, wieder nach Hause zu kommen.

*****

„Könntest du morgen etwas länger arbeiten", fragte Anna Herold, *„es geht um eine kleine private Feier nach Geschäftsschluss."*

„Natürlich, Frau Chefin", antwortete Marianne, *„das ist überhaupt kein Problem."*

Marianne hatte Anna Herold gegenüber das spezielle Urlaubsarrangement mit keiner Silbe erwähnt. Man war ganz einfach zur Tagesordnung übergegangen.

Ganz anders hingegen die Aufarbeitung mit Mariannes Mutter. Die arme Natascha musste sich einiges anhören, und es fielen ein paar harsche Worte.

Natascha war erstaunt. So kannte sie ihr Kind gar nicht: resolut, stringent auf den Punkt bringend und widerspruchsfähig.

Von Berti hatte Marianne nichts mehr gehört. Und ins Café und Weinhaus „Herold" hatte er seither keinen Fuß mehr gesetzt.

Marianne wusste das, weil sie ihre Chefin einmal beiläufig danach gefragt hatte, zumal sie ja nicht immer dort arbeitete.

Der Einzige, an dem die Geschichte keine Spuren hinterlassen hatte, war Alexander. Er war einfach nur, froh, dass seine Mutter wieder zu Hause war.

*****

Als das Café und Weinhaus „Herold" seine Pforten geschlossen hatte, sagte Anna Herold zu Marianne:

„So, meine Liebe, setz dich einmal her zu mir. Ich möchte mit dir reden."

„Aber die Gäste werden gleich kommen", erwiderte Marianne.

„Die kommen etwas später", sagte Anna, *„und es sind keine Gäste im üblichen Sinn."*

Marianne, die zwar nicht verstand, was ihre Chefin damit meinte, setzte sich an den Tisch.

„Ich möchte mich in aller Form für mein Verhalten entschuldigen."

„Aber Frau Chefin", wollte Marianne abwenden, worauf Anna sagte:

„Lass mich bitte ausreden, Kind. Ich hätte das schon viel früher machen müssen; aber wahrscheinlich habe ich mich geschämt, weil ich mich in das Leben eines Menschen eingemischt habe, der mir sehr am Herzen liegt."

Marianne berührten diese Worte sehr. Sie hätte Anna so gern gesagt, dass sie ihr nicht böse ist, aber stattdessen schaute sie Anna einfach nur dankbar an.

„Das Ganze war eine verrückte Idee von zwei alten Schachteln", fuhr Anna fort, *„die glaubten etwas*

Kluges zu tun; wobei aber leider etwas Dummes her-
ausgekommen ist. "

Marianne wollte erneut unterbrechen, aber Anna
sagte weiter:

"Aber das Betrüblichste bei der ganzen Geschichte
ist, dass zwei Menschen darunter leiden müssen, die
ich beide sehr gern habe. "

Marianne verharrte einen Augenblick, und als sie
Anna ansah, gewahrte sie Tränen in ihren Augen.

"Das ist alles nur halb so schlimm", sagte Marianne und ergriff Annas Hände, *"ich bin Ihnen ganz*
gewiss nicht böse. "

Es klopfte an der Eingangstür.

"Gehst du bitte öffnen? ", sagte Anna und Marianne ging zur Tür.

"Guten Abend, Marianne! "

Marianne zuckte zusammen. Vor der Tür stand
Berti.

"Lässt du mich bitte herein? "

Marianne trat zur Seite, um Berti vorbeizulassen.

"Kommt her, ihr beiden", sagte Anna und stand
auf.

„Ihr setzt euch jetzt zusammen und redet.

Ich weiß, dass dies wieder eine Aktion ist, die voll daneben gehen könnte; aber ich bin zuversichtlich, dass ihr etwas Gescheites daraus macht.

Glaubt mir, das Leben ist voller verpasster Gelegenheiten. Ich weiß, wovon ich rede. Um einige war es bestimmt nicht schade; aber da sind noch die, welche man ein Leben lang bereut.

Ich hole jetzt einen Grauburgunder und ein paar Butterbrezeln. Das ist die beste Grundlage für ein gutes Gespräch."

„Wie geht es dir?", fragte Berti.

Marianne sah Berti an, und ihr war, als hätte Berti an Gewicht verloren.

„Es geht mir gut", wollte sie antworten, sagte dann aber:

„Nicht so besonders gut. Und dir?"

„Auch nicht", antwortete Berti.

„Die beiden Übeltäter haben mir alles erzählt", sagte Marianne, *„es tut mir leid, dass ich so ungerecht und so abweisend zu dir war."*

„Das muss es nicht", erwiderte Berti, *„schließlich habe ich ja mitgespielt."*

„So, hier ist der Wein, und die Brezeln kommen auch gleich."

Anna registrierte wohlwollend, dass beide noch am Tisch saßen und auch miteinander sprachen.

„Ich sitz dahinten. Ruft, wenn ihr etwas braucht."

Anna deutete zu einem Tisch, weiter hinten im Raum, und begab sich dann dorthin.

„Ich möchte dir etwas sagen", begann Marianne, aber Berti kam ihr zuvor.

„Lass mich bitte zuerst, bevor mich der Mut wieder verlässt."

Marianne lächelte und nickte.

„Ich bin nicht mehr ganz jung, und ich bin in Liebesdingen nicht sehr erfahren.

Seit meine Frau gestorben ist, lebe ich allein, und ich kann nicht gut damit umgehen. Mir fehlt ein Mensch, mit dem ich reden und lachen kann, und auch einmal weinen, wenn es sein muss.

Aber es soll nicht irgendein Mensch sein. Ich wünsche mir einen Menschen, der im Wesen zu mir passt, und dem ich all meine Liebe schenken kann.

Und so ein Mensch bist du, liebe Marianne."

Berti war sichtlich erleichtert, als es heraus war.

Marianne sah Berti einfach nur an. Sie spürte, dass hinter jedem seiner Worte ein echtes Gefühl stand.

„Ich bin mir sehr wohl des großen Altersunterschiedes bewusst", sagte Berti weiter, *„und ich würde verstehen, wenn das ein Problem für dich wäre.*

Ich würde ebenso verstehen, wenn du keine Intimitäten mit mir haben wolltest, denn schließlich zeigt mein Körper schon Spuren des Alters auf.

Eine kleine Berührung hier, eine kleine Zärtlichkeit da, vielleicht auch nur die des Wortes, das wäre wunderbar und würde mir völlig genügen.

So, jetzt habe ich alles gesagt. Ich möchte dich nicht drängen, ich würde dich nur bitten, dir das alles durch den Kopf gehen zu lassen.

Zwei Dinge noch zum Schluss: <Ich liebe dich über alles, Marianne, und ich wäre für Alexander sehr gern eine Vaterfigur.>"

Marianne hatte jedes Wort von Berti in sich aufgesogen. Sie hörte ihr eigenes Herz schlagen, und sie wäre Berti am liebsten um den Hals gefallen.

„Verehrter Herr Professor", begann sie, und als Berti dies hörte, befiel ihn eine schlimme Ahnung. Wie hatte er auch glauben können, dass eine junge Frau das Liebesgeflüster eines alten Zausels ernst nehmen würde.

Aber dann kam die große Überraschung.

„Du dummer Kerl", sagte Marianne, *„glaubst du wirklich, mich stören die paar Jährchen, die du älter bist als ich?*

Und glaubst du wirklich, ich begnüge mich mit kleinen Streicheleinheiten? Ich will Sex, hemmungslosen Sex, und das mehrmals am Tag."

Bertis Körpertemperatur schnellte augenblicklich in die Höhe, denn er wusste gerade nicht, was Spaß und was Wirklichkeit war.

„Ich kann mir nichts Schöneres vorstellen, als mit Alexander an deiner Seite zu leben. Und Alexander wäre sicher genauso glücklich darüber wie ich."

Bertis Herz drohte zu zerspringen.

„Ist das wahr?", rief er aufgeregt, *„ist das wirklich wahr?"*

„Ja", antwortete Marianne, stand auf und fiel Berti um den Hals.

„Auf was wartest du?"

Anna, welche die Entwicklung aufmerksam verfolgt hatte, war zu den beiden hingegangen. Sie hatte zwar nichts verstehen können, aber die Bilder sprachen ja für sich.

„Jetzt küsse sie schon endlich, du Schaf", sagte sie zu Berti und fügte hinzu: *„Ich werde jetzt einmal Natascha anrufen."*

Und nur wenig später betrat Natascha, zusammen mit Alexander, das „Herold".

„Gruschenka!"

Natascha war mit offenen Armen zu ihrer Tochter hingeeilt.

„Mein Täubchen. Ich kann es noch gar nicht glauben. Du und das Doktorchen? Das ist ja wunderbar."

Mariannes mahnender Blick traf ihre Mutter, die prompt eine Kehrtwendung machte und sagte:

„Ich meine natürlich meinen lieben Schwiegersohn Berti."

„Mamutschka!"

Natascha ging zu Berti, umarmte und küsste ihn auf beide Wangen.

„Dass du meine Gruschenka ja glücklich machst."

„Das mache ich ganz bestimmt, Natascha", antwortete Berti.

„Du kannst mich <Mama> nennen", erwiderte Natascha, was ihr ein erneutes *„Mamutschka!"* einbrachte.

Was dann geschah, berührte alle. Alexander ging zu Berti, schlang seine Arme um Bertis Hüfte und sagte: „Papa."

Stille trat ein. Es war, als habe man einen Film angehalten.

Berti hielt den Jungen noch einen Moment lang fest und löste sich dann von ihm.

Er kniete vor Marianne nieder und sagte:

„Liebste Marianne, willst du meine Frau werden?"

Mariannes „JA" war bis hinaus auf die Straße zu hören.

Berti stand auf und küsste Marianne, worauf die anderen heftig applaudierten.

„Champagner und Wodka!", rief Natascha, worauf Anna sagte:

„Bei uns gibt es nur Sekt und keinen Wodka, du sibirisches Eichhörnchen."

„Was seid ihr Deutschen doch für ein komisches Volk. Ihr habt keinen Wodka und ihr habt keinen Humor.

Dann bring uns wenigstens den Sekt, Anna Karenina, damit wir Verlobung feiern können..."

*****

Lieber Leser!

Das ist das Ende meiner Geschichte. Es wäre noch anzumerken, dass Berti und Marianne glücklich wurden und dass sie sogar noch ein gemeinsames Kind gezeugt haben.

Zur Erleichterung aller kam es gesund auf die Welt, was wohl nicht zuletzt auch auf die täglichen Fürbitten von Natascha zurückzuführen war, welche der Ikone an der Wand mit ihren ungezählten Küssen darauf heftig zugesetzt hatte.

Berti hatte nach der Hochzeit den Nachnamen von Marianne angenommen, weil er dem kleinen Mädchen die Verunglimpfung seines eigenen Namens ersparen wollte.

So wurde der neue Erdenbürger auf Viktoria, Natascha, Anna Thies getauft, und Alexander hatte große Freude an seiner kleinen Schwester.

Um noch einmal auf die Sache mit der Reinkarnation zurückzukommen.

Für mich liegt der absolute Beweis dafür in der Tatsache, dass Gefühle altersunabhängig sind. Wir bringen sie bei der Geburt schon mit auf die Erde, und sie kehren nach unserem Tod auch wieder dahin zurück, von wo sie ursprünglich gekommen sind.

Dort bekommen sie wieder eine neue Hülle und werden zurück auf die Erde geschickt.

Das kam auch unserem Protagonisten zugute.

Er führte bis zu seinem Tod ein erfülltes Sexualleben. Zugegebenermaßen mit fortschreitendem Alter den körperlichen Begebenheiten immer mehr angepasst.

Wer jetzt noch Zweifel über die Existenz der Reinkarnation hat, dem sage ich nur:

„Haben Sie schon einmal an das bekannte Phänomen <Déjà-vu> gedacht???"[20]

---

[20] Als Déjà-vu bezeichnet man eine Erinnerungstäuschung, bei der eine Person glaubt, ein gegenwärtiges Ereignis früher schon einmal erlebt zu haben. Dabei hat die betroffene Person das sichere Gefühl, eine neue Situation bereits in der Vergangenheit in gleicher Weise schon einmal durchlebt zu haben.